Diogenes Taschenbuch 23548

Martin Suter

~~Huber~~ Müller *spannt aus*

und andere Geschichten aus der Business Class

„Gesundheit geht vor!"

Team Gesundheits-Wirtschaft

Bettina Marschall

Anna Glinow

Simone Hoffmann

Karin Klaus-Witten

Arndt Z

Jasmin

Sabine Nehus

30. Juni 2008

Diogenes

Die Erstausgabe erschien 2005
im Diogenes Verlag
Sämtliche Kolumnen wurden
zuerst veröffentlicht
in der *Weltwoche*, Zürich,
im Zeitraum April 2001
bis Dezember 2003
Umschlagfoto:
Copyright © Prisma/
Panoramic

Veröffentlicht als Diogenes Taschenbuch, 2006

www.diogenes.ch
100/06/44/2
ISBN 13: 978 3 257 23548 7
ISBN 10: 3 257 23548 8

Inhalt

Die Sorgen des Nachwuchses

»Weißt du, was mich am meisten anscheißt bei diesen Absahnern?« fragt Meilinger.

»Du meinst die Kassemacher?« Streb nimmt es genau mit Fachausdrücken.

»Ich meine die Selbstbedienungsmentalität im Topmanagement.«

»Die Raffgierproblematik.«

»Daß sie uns die Zukunft verbauen.«

»Wie das?«

»Sie versauen den Markt.«

»Hältst du mal?« Streb versucht, ein Stück von seinem Döner Kebab aus einheimischem Kalbfleisch abzubeißen, und schiebt den Lenker seines Micro-Skate-Scooters zu Meilinger rüber. Es regnet nicht, sie verbringen die kurze Mittagspause in der Anlage hinter der Bank.

Meilinger hält jetzt beide Micro-Skate-Scooter und ärgert sich. Er hätte nämlich auch Lust auf einen Döner Kebab gehabt, hatte aber, weil er weiß, daß man dazu beide Hände braucht, darauf verzichtet. Sein Mittagessen besteht aus einem Laugenbrötchen mit drei Scheiben Salami, das man problemlos mit einer Hand verzehren kann. Bis er diese wieder frei hat, bleibt es in seiner rechten Hosentasche.

Streb ist es gelungen, ein Stück abzubeißen, ohne sich

nennenswert zu bekleckern, und kaut jetzt mit vollen Backen.

»Angenommen«, fährt Meilinger fort, »ich wollte mir eine Abgangsentschädigung von, sagen wir, zwei Millionen auszahlen lassen: Das Volk liefe Amok.«

Streb nimmt sich Zeit zu schlucken. »Nicht ganz zu Unrecht, bei einem Monatslohn von viertausendneunhundert brutto.«

»Ich meine natürlich: später.«

»Bis wir uns eine Abgangsentschädigung von zwei Millionen auszahlen lassen können, sind alle, die sich an die Sache mit Affolter und Konsorten erinnern konnten, tot.« Streb nimmt wieder einen Biß.

»Nicht nach meinem Karriereplan«, entgegnet Meilinger, »in fünfzehn Jahren bin ich vierzig. Mehr Zeit gebe ich mir nicht.«

»Bis zur Abgangsentschädigung von zwei Millionen?«

»Wie gesagt: Ich fürchte, die liegt dann nicht mehr drin.«

Die Sonne kommt hinter einer Wolke hervor. Die Leute auf den Bänken ziehen die Jacken aus und öffnen die Knöpfe ihrer Hemden. Die meisten sind, wie Meilinger und Streb, untere Kader der umliegenden Banken und Versicherungen.

Meilinger schiebt die beiden Micro-Skates und legt sich eine Abgangsentschädigungsstrategie für das Jahr 2016 zurecht. Streb geht vornübergebeugt nebenher und beißt ab und zu in den immer mehr tropfenden Döner.

»Man muß die Bezüge so ansetzen, daß sie in überhaupt keinem Verhältnis zu nichts mehr stehen, dann sind sie unangreifbar. 35 Millionen wie Frank Quattrone von Credit Suisse First Boston.«

Streb hat jetzt fertig gegessen und bietet sich an, Meilingers Micro zu schieben, während dieser sein Sandwich ißt. Meilinger klaubt das Salamibrötchen aus der Tasche und popelt es aus der Frischhaltefolie. Jetzt erst sieht er die Sauce an Strebs Hand am Lenker seines Scooters.

Meilinger beschließt, seine Abgangsentschädigung im Jahr 2016 auf 42 Millionen zu erhöhen. Inflationsbereinigt.

Imageprobleme eines Berufsstands

Es nieselt. Freifelder muß fast eine Viertelstunde am Taxistand warten, bis er an der Reihe ist. Dann steigt er in einen betagten Mercedes, an dessen Rückspiegel drei Duftbäumchen vergeblich gegen den Mief ankämpfen. Ein Haufen Zeitungen auf dem Beifahrersitz signalisiert, daß der Fahrer keinen Wert auf Fahrgäste legt, die ihre political correctness dadurch ausdrücken, daß sie sich nicht im Fond chauffieren lassen.

Sie sind keine zwanzig Meter gefahren, als der Fahrer sagt: »Heute spinnen wieder alle.«

Freifelder ist der Anlaß für diese Feststellung entgangen. Er begnügt sich mit einem »Soso« und wendet sich wieder seiner Agenda zu.

»He!« brüllt der Fahrer, bremst brüsk und beschleunigt sofort wieder. »Haben Sie diesen Idioten gesehen?«

Freifelder hat ihn nicht gesehen. Er macht »mhm«. Weder ja noch nein.

Das Taxi bleibt an einer roten Ampel stehen. Freifelder blättert in der Agenda. Plötzlich hupt der Fahrer und schreit: »Nicht schlafen!«

Erschrocken schaut Freifelder auf. Er ist nicht gemeint, sondern ein grüner Opel vor ihnen, der wohl einen Sekundenbruchteil zu spät losgefahren ist. Der Taxifahrer heftet sich an seine Stoßstange und betätigt frenetisch die Lichthupe.

»Ist so einer nicht ein Schafseckel?«

Die Frage ist offensichtlich an Freifelder gerichtet. Er überhört sie.

Eine Minute ist es still im Wagen. Aber Freifelder spürt, wie ihn der Fahrer im Rückspiegel mustert. Als er aufblickt, schaut er direkt in dessen haßerfüllte Augen.

»Dazu sind Sie sich zu fein, nicht?«

»Bitte?« fragt Freifelder.

»Mit den Berufssorgen eines Taxichauffeurs wollen Sie nicht behelligt werden, hä?«

Freifelder zuckt mit den Schultern und wendet sich wieder seiner Agenda zu.

»Zu fein zum Antworten!« sagt der Fahrer schneidend.

»Ach, hören Sie doch auf«, antwortet Freifelder gereizt.

»Unter meinem Beruf wollen Sie nicht auch noch leiden, Sie leiden schon genug unter Ihrem, gell?«

»Ich leide nicht unter meinem Beruf.«

»Gratuliere. Dann sind Sie nämlich der einzige.«

»Der nicht unter seinem Beruf leidet?« Es gerät Freifelder etwas süffisant.

»Der nicht unter IHREM Beruf leidet!«

Freifelder schafft es nicht, darauf nicht einzugehen. »Was wissen Sie schon von meinem Beruf«, höhnt er.

»Sie sind doch Manager, das sehe ich Ihnen an. Das Anzüglein, die Schühlein, das Krawättchen, das Frisürchen, das Mäppchen. Ein Managerlein. Stimmt's?«

Freifelder beschäftigt sich wieder mit der Agenda.

»Treiben gesunde Unternehmen in den Ruin, kassieren

einen Haufen Kohle, halten sich für etwas Besseres und verpesten einem den Wagen mit ihrem Parfum.«

»Wissen Sie was?« sagt Freifelder. »Unter welchem Berufsstand Sie leiden, ist mir scheißegal.«

Jetzt steht Freifelder im Nieselregen und leidet unter dem Berufsstand des Taxichauffeurs.

Steinhausers Schrecksekunde

Steinhauser ist früh dran. Er hat schlecht geschlafen. Um vier Uhr erwacht und an Bergmann gedacht. Wenn er sicher sein will, nicht mehr einschlafen zu können, braucht er nur an Bergmann zu denken. An irgendein Detail: seinen affektierten Haken auf dem Verteiler, seine durchscheinenden Socken, seine verschiedenfarbigen Klebenotizen in der Agenda, seine lederbezogene Kleenex-Box auf dem Beifahrersitz seines schwarzen Audis. Jeder Gedanke an irgend etwas, das mit Bergmann zu tun hat, führt ihn tief in ein Kaleidoskop aus Bildern, Assoziationen, Sätzen und Episoden, die sich alle um Bergmann drehen.

Wenn Steinhauser mit Bergmann im Kopf erwacht und nach einer Stunde nicht wieder eingeschlafen ist, steht er auf. Früher tat er das vorsichtig, um Karla nicht zu wecken. Aber seit sie getrennte Schlafzimmer haben (eine Maßnahme, die ihren ursprünglichen Zweck – die Belebung des erotischen Aspekts ihrer Beziehung – nachhaltig verfehlt hat), knipst er einfach das Licht an.

Heute ist Steinhauser um fünf auf den Beinen, um sechs aus dem Haus und vor halb sieben im Lift in den fünften Stock, die Führungsetage der CLABCO.

Das Gebäude ist ausgestorben, wie immer um diese Zeit. Steinhauser schaltet den Kopierer und den Kaffeeautomaten ein, betritt sein Büro und öffnet die Fenster. Tief unter ihm auf dem Direktionsparkplatz steht ein einziges Auto: sein dunkelblauer BMW. Er setzt sich an den Schreibtisch und nimmt sich den Stapel mit den dringendsten Pendenzen vor.

Eine halbe Stunde später geht er ins Vorzimmer, holt zwei Jetons aus der Schublade seiner Sekretärin und schlendert zum Automaten. Den ersten Kaffee schüttet er weg, den zweiten süßt er mit Assugrin. Bis acht Uhr redigiert er das Protokoll der Verkaufsleitersitzung. Als er es seiner Sekretärin ins Vorzimmer bringen will, ist ihr Platz leer. Komisch, sonst ist sie an Montagen um Viertel vor acht am Schreibtisch.

Er holt sich noch einen Kaffee. Im Abfall liegt nur der Becher des weggeschütteten und der leere Assugrinbeutel. Noch niemand außer ihm hat den Automaten benützt. Er wird an der Montagssitzung das Thema Arbeitszeiten aufbringen.

Eine halbe Stunde später herrscht immer noch Stille im Haus. Steinhauser geht ans Fenster. Sein BMW ist das einzige Fahrzeug weit und breit.

Eiskalt läuft es ihm den Rücken herunter. Gibt es die CLABCO nicht mehr? War er so vertieft in ihr Management (und den damit verbundenen Zweikampf mit Bergmann) gewesen, daß er nicht bemerkt hat, daß sie geschlossen wurde? Leitet er die Verkaufsabteilung eines Phantomunternehmens?

Mitten in dieser Schrecksekunde fährt Bergmanns schwarzer Audi auf den Parkplatz und hält genau neben seinem BMW. Steinhauser zieht sich vom Fenster zurück.

Wenigstens hat auch Bergmann den Untergang der CLABCO verpaßt.

Kurz darauf klopft es. Bergmann tritt ein. Im Tennisdress. »Hab nur mein Racket im Büro vergessen«, erklärt er, »laß dich nicht stören. Das kenn ich von früher: Pendenzen aufarbeiten müssen am Pfingstmontag.«

Unter vier Augen

Nehmen Sie doch einen Moment Platz, ich bin gleich soweit.« Weibler setzt sich auf den Sessel der Besuchersitzgruppe, auf den Hemmi gewiesen hat. Den mit Fensterblick und dem Rücken zum Schreibtisch. Hinter sich hört er das Rascheln von Unterlagen.

Normalerweise, wenn er zu Hemmi zitiert wird, ruft dessen Sekretärin an. Diesmal hat Hemmi selbst angerufen und gefragt, ob er in, sagen wir, einer Viertelstunde für, sagen wir, eine Viertelstunde Zeit habe. Eine Frage, auf die ein Nein hierarchisch keine Option darstellt.

Eine Viertelstunde hatte Weibler Zeit, sich einzureden, es sei ein gutes Zeichen, daß Hemmi ihn persönlich aufgeboten hat.

Doch jetzt, mit dem Quietschen des Leuchtstifts im Rücken, macht er sich auf das Schlimmste gefaßt. Er mobilisiert seine ganze Nonchalance und schlägt die Beine übereinander.

Aber als Hemmi sich fünf Minuten später ins Sofa gegenüber fallen läßt, stellt sich Weiblers rechter Fuß ohne sein Zutun akkurat neben den linken, und seine Hände legen sich flach auf die Oberschenkel.

Hemmi breitet die Arme auf der Rückenlehne aus, legt den Kopf auf die linke Schulter und mustert Weibler. Nach einer kleinen Ewigkeit fragt er: »Wie gut kennen Sie Behrlinger?«

Weibler und Behrlinger haben praktisch zur gleichen Zeit bei der Firma als leitende Mitarbeiter angefangen. Sie spielen einmal in der Woche zusammen Squash, ihre Frauen gehen zusammen ins Yoga, und ihre fünfzehnjährigen Söhne wurden zusammen mit einem Joint erwischt. Weibler antwortet: »Ach, so gut, wie man sich eben kennt nach ein paar Jahren im gleichen Laden.«

Hemmi nickt und legt den Kopf auf die andere Schulter. »Das ist ein informelles Gespräch, Herr Weibler, nichts davon verläßt diesen Raum.«

Weibler entspannt sich. Es geht nicht um ihn. Es geht um Behrlinger.

»Und?« fährt Hemmi fort. »Was haben Sie so für einen Eindruck von ihm?«

Sofort beginnen bei Weibler die Alarmlämpchen zu blinken. Was immer er antwortet, ist falsch. Äußert er sich positiv und Hemmi ist anderer Meinung, schadet er sich, weil er ihm widerspricht. Äußert er sich positiv und Hemmi ist gleicher Meinung, schadet er sich, weil er damit Behrlingers Karriere auf seine Kosten beschleunigt. Äußert er sich negativ und Hemmi ist gleicher Meinung, schadet er sich, weil er sich als illoyal gegenüber einem Arbeitskollegen erweist. Äußert er sich negativ und Hemmi ist anderer Meinung, schadet er sich doppelt, weil er seinem obersten Chef widerspricht und seinem Arbeitskollegen in den Rücken fällt.

Nein, es geht nicht um Behrlinger. Es geht um ihn.

Hemmi wechselt die Lage des Kopfes wieder von der rechten auf die linke Schulter und lächelt aufmunternd.

Wenn Weibler jetzt nichts sagt, wird es ihm schaden, weil Hemmi es ihm als Meinungsschwäche auslegen wird.

»Mein Eindruck von Behrlinger?« antwortet Weibler und schlägt die Beine übereinander. »Sie werden verstehen, daß ich mich über einen langjährigen Arbeitskollegen nicht negativ äußern will.«

Das Problem der Pensionierung

Ein bedeckter Tag, schlechte Lichtverhältnisse auf der Driving Range. Wettinger hat den Golfschirm dabei und trägt die Allwetterhandschuhe. Die Abschläge links und rechts von ihm sind verwaist. An einem Mittwochvormittag um halb zehn herrscht hier kein Hochbetrieb.

Wettinger muß seine Performance mit den langen Eisen verbessern. Er setzt einen Ball aufs Tee, schlägt ab und verfolgt kopfschüttelnd die Bahn des Balls. Er ist nicht bei der Sache. Seine Gedanken kreisen wie so oft um das gleiche Thema: seine Pensionierung.

Plötzlich ist man überflüssig.

Ein Mann, der jahrzehntelang Erfahrungen gesammelt und weitergegeben hat, eine Führungskraft, ohne die gestern noch überhaupt nichts lief, wird von einem Tag auf den anderen ersetzlich. Das muß einer erst einmal verkraften, der vierzig Jahre lang sein ganzes Selbstbewußtsein aus seiner Unersetzlichkeit geschöpft hat. Das braucht schon etwas, wenn man so unversehens am gähnenden Abgrund seiner Entbehrlichkeit steht. Von seiner Vergänglichkeit nicht zu reden.

Er steckt das schwierige lange Eisen in die Bag und holt den Driver heraus. Er braucht jetzt den Trost eines Erfolgserlebnisses. Der Gedanke an die Vergänglichkeit deprimiert ihn immer. Als Mensch und als Businessman. Eine unglaubliche Verschwendung von Know-how, diese Sterblichkeit des Managers.

Wettinger teet einen neuen Ball auf und schlägt ab. Er toppt und spielt einen Girlie, keine drei Meter weit. Dermaßen deprimiert ihn der Gedanke.

Wie oft hört man von Führungskräften, die nach ihrer Pensionierung in ein tiefes Loch fallen. Die nicht schlafen können, weil sie keinen Grund mehr haben, wach zu liegen. Die pünktlich um halb sieben aus den Federn fahren, weil der Wecker nicht klingelt.

Gesunde Altfinanzdirektoren bekommen Magengeschwüre, weil sie sich nicht mehr über Lohnforderungen aufregen müssen. Durchtrainierte Topsanierer lassen sich Herzschrittmacher einsetzen, weil sie keinen Turnaround zu schaffen haben.

Wettinger hat wieder aufgeteet und versucht sich zu konzentrieren. Es gelingt ihm ein schöner Swing, aber der Ball sliced weit in den Drive rechts neben ihm. Nicht auszudenken, wenn sein Pro das gesehen hätte.

Das Problem ist die Vorbereitung. Jahrelang arbeitet man drauflos, ohne einen Gedanken an die Pensionierung zu verschwenden, und dann, eh man sich's versieht, ist sie da. Wer kann schon aus dem Stand von hundertfünfzig auf null Prozent schalten? Wie soll einer, der nie Zeit hatte, wissen, was man mit ihr anfängt? Woher soll jemand, der sein Leben lang von der Agenda regiert wurde, plötzlich wissen, wie man seine Wochen selbst einteilt?

Mit einem Mal steht man vor seinen letzten Tagen und weiß nicht, wie man sie ausfüllt. Und dann hackt man mit einem Handicap von vierundfünfzig auf dem Green herum und macht sich lächerlich.

Deshalb wird Wettinger anschließend noch etwas im Putting und im Chipping Green arbeiten. Der erste Juni 2023 kommt schneller, als man denkt.

Neunzehn Uhr: Fred K. Nannini!

Steintaler ist nicht einer, der in fremde Agenden schielt. Aber als Wartburger die Toilette aufsucht, läßt er seine aufgeschlagen praktisch unter Steintalers Nase liegen. Wenn der Eintrag irgendwo im Dickicht aller anderen Einträge gestanden hätte, wäre er vielleicht noch zu übersehen. Aber er steht isoliert im Donnerstag unter der sonst unberührten Rubrik neunzehn bis zwanzig Uhr und ist zudem noch doppelt unterstrichen. Er lautet: »Neunzehn Uhr: Fred K. Nannini!«

Wenn er wenigstens anders gelautet hätte – »neunzehn Uhr Fitness« oder »neunzehn Uhr Oper« –, hätte ihn Steintaler bestimmt auch mit der angemessenen Diskretion behandelt. Aber so platzt er gleich nach der Sitzung bei Gürtner rein. »Wartburger trifft sich mit Nannini!«

Die Nachricht verfehlt ihre Wirkung nicht. Gürtner, seit zwei Wochen Nichtraucher, steckt sich eine Zigarette an und fragt: »Woher hast du das?«

Eine Viertelstunde später ist auch Baumhofer informiert. Sie verbarrikadieren sich in Gürtners Büro zu einer Krisensitzung.

Fred K. Nannini ist der berüchtigtste Sanierer der Branche. Und auch einer der erfolgreichsten, wenn man Aufwand und Ertrag als einzige Kriterien für den Erfolg einer Unternehmung betrachten will.

Baumhofer, der sich etwas auf seine Besonnenheit in Krisensituationen einbildet, fragt: »Irrtum ausgeschlossen?«

»Ich kann doch lesen.« Steintaler klingt etwas beleidigt. »Zweimal unterstrichen.«

»Farbig?« fragt Gürtner, der auch analytisch vorgehen kann.

»Nein. Aber mit Ausrufezeichen.«

Das Ausrufezeichen ist es, was den drei Bereichsleitern am meisten zu schaffen macht. Aus! Fertig! Schluß! Genug gebastelt! Jetzt wird durchgegriffen! Jetzt hol ich mir Nannini!

Das Ausrufezeichen entlarvt den Schritt als das, was er ist: eine Überreaktion. Natürlich hat der Laden seine Probleme. Darüber kann man im kleinen Kreis ganz offen sprechen. Aber nichts, was Steintaler, Gürtner und Baumhofer nicht selbst in den Griff bekämen. Vor allem jetzt, wo die Probleme erkannt und die Maßnahmen so gut wie getroffen sind.

Nichts, wozu es einen Fred K. Nannini bräuchte.

Die drei entwickeln einen Notplan: Während der verbleibenden Tage werden sie die bisher mehr informell besprochenen Maßnahmen ausformulieren und in einem Programm zusammenfassen, das sie »Return 2000« nennen werden. Am Donnerstag werden sie es Wartburger präsentieren. Mal sehen, ob das nicht mindestens dem Ausrufezeichen hinter Nannini den Garaus macht.

Am Donnerstag um siebzehn Uhr präsentieren sie Wartburger nervös und übernächtigt »Return 2000«. Je näher der Termin mit Nannini rückt, desto begeisterter ist Wartburger. Und als sie zur Stelle mit dem Verzicht auf ihre Bonusse als persönlichen Beitrag zur Sanierung kommen, ruft er sogar seine Sekretärin herein:

»Frau Dombach, rufen Sie doch bitte ›Chez Nannini‹ an, und lassen Sie Fred Klein ausrichten, er soll schon bestellen, bei mir werde es etwas später.«

Winningers Absage

Spätestens am Donnerstag rufe ich Sie an«, hatte Winninger zu Rogger gesagt. Nicht »erhalten Sie Bescheid« oder »nehme ich Kontakt auf«, sondern »rufe ich Sie an«. Keine Ahnung, wie er sich dazu hatte hinreißen lassen. Vielleicht, weil er in diesem Moment sicher war, daß es sich um eine Zusage handeln würde. Zusagen macht Winninger gerne persönlich. Ruft an, redet ein wenig um den Brei herum, läßt den anderen ein bißchen zappeln und fragt dann zum Beispiel: »Interessiert es Sie denn gar nicht, wie wir uns entschieden haben?«

Bei Absagen dagegen zieht er die Schriftform vor. Der andere hat dann etwas in den Händen. Das scheint ihm irgendwie korrekter. Aber im Fall von Rogger geht das nicht mehr. Nicht, nachdem er gesagt hatte, »rufe ich Sie an«. Rogger würde es ihm als Feigheit auslegen. Wenn er sich wenigstens nicht seine Handynummer hätte geben lassen. Aber Rogger hatte gesagt: »Ich bin viel unterwegs dieser Tage, am besten, ich geben Ihnen meine Handynummer.«

Winninger hatte sie vor Roggers Augen in die Agenda geschrieben. Nicht auf einen Freßzettel, den er hätte verlieren können. Sondern in die *to-do-list* des Donnerstags.

Heute ist Freitag.

Der Donnerstag war wieder einmal einer jener Tage gewesen, an denen man zu nichts kommt. Jedesmal, wenn er den Hörer abhob, um Roggers Nummer einzustellen, wollte jemand etwas von ihm. Und am Abend, als er endlich Zeit gehabt hätte, hatte er nicht mehr stören wollen. Vielleicht war Rogger bereits im Feierabend. Beim Apéro oder im Kreis der Familie oder sonst in einer Situation, in der man nicht gerne unangenehme Überraschungen erlebt.

Um eine solche könnte es sich für Rogger nämlich eventuell handeln. Winninger schließt nicht aus, daß er hatte durchblicken lassen, die Sache sei für ihn geritzt. Daß das Entscheidungsgremium jedoch nicht nur aus ihm besteht, hatte er nicht erwähnt. Selbst wenn er es erwähnt hätte, würde er sich nicht gerne darauf hinausreden, von diesem – oder sonst einem – Gremium überstimmt worden zu sein. Er wird die Sache auf die eigene Kappe nehmen. Und das bedingt ein Gespräch, das man nicht zwischen Tür und Angel führen kann. Deswegen hat er sich am Freitag zwischen vierzehn und fünfzehn Uhr eine halbe Stunde dafür reserviert.

Punkt fünf vor drei bittet er seine Sekretärin, Rogger anzurufen und ihm auszurichten, er würde ihn Anfang nächster Woche kontaktieren.

»Was hat Rogger gesagt?« erkundigt er sich beiläufig, als er kurz darauf unter einem Vorwand in sein Vorzimmer geht.

»Seine Mailbox meldet sich, ich versuche es später wieder«, erklärt seine Sekretärin.

»Ach, lassen Sie nur, das hat auch Zeit bis Montag«, antwortet Winninger und schlendert in sein Büro zurück. Dort greift er sofort zum Telefon und stellt Roggers Nummer ein.

»Hier spricht Winninger«, diktiert er nach dem Signalton in Roggers Mailbox. »Schade, daß Sie nicht zu erreichen sind. In der Regel mache ich Absagen nämlich lieber persönlich.«

Huber spannt aus (1)

Hubers Strandliege hat einen weißen Überzug mit der Aufschrift »Coco Beach«. Caroline liegt neben ihm, dazwischen steckt ein Schirm mit der gleichen Aufschrift. Ein junger Mann in einem T-Shirt mit der gleichen Aufschrift geht zwischen den Liegen umher und kassiert die Mietgebühren.

Solange er nicht bei ihm vorbeigekommen ist, kann Huber sich nicht richtig entspannen. Im Gegensatz zu Caroline. Wenn er sich nicht täuscht, schläft sie bereits. Auf jeden Fall hat sie die Augen geschlossen. Möglich, daß sie das nur zur Vermeidung heller Krähenfüße tut, aber die Wirkung ist die gleiche: Sie bietet ein Bild absoluter Entspannung und hat das administrative Problem an ihn delegiert.

Dabei ist er es, der Ferien braucht. Laut Caroline. »Schalte doch mal ab«, hat sie immer wieder gesagt. »Versuch doch einfach einmal drei Wochen nichts zu tun, nichts zu denken, einfach *zu sein.*«

Ein paar Liegen weiter spricht der Strandkassierer mit einer Frau. Huber versucht vergeblich, seine Aufmerksamkeit zu erlangen. Schließlich packt er das Portemonnaie, das griffbereit auf der Badetasche liegt, und steht auf.

Auf halbem Weg sieht Huber, daß die Frau, mit der der

Kassierer spricht, kein Bikinioberteil zu tragen scheint. Sofort macht er kehrt, geht zurück zu seiner Liege, schlüpft aus den Schlappen und legt sich wieder hin. Caroline hat von seiner Abwesenheit nichts mitbekommen. Er könnte ertrinken, sie würde sich nicht bei ihrer Entspannung stören lassen.

Seine frisch eingecremten Füße sind jetzt von weißem Sand überzuckert wie zwei Berliner. Er setzt sich wieder auf und säubert sie, so gut es geht. Dann die Hände, so gut es geht. Dann das Buch »Relax. Der schnelle Weg zu neuer Energie«.

Als er wieder zur Liege mit der jungen Frau hinüberschaut, ist der Beachboy verschwunden. Selber schuld, denkt Huber. Falls ich dann schlafe, wenn er kassieren will, muß er halt später wieder kommen.

Huber schließt die Augen. Wie einer, der sich schlafend stellt, weil er sich die Liegestuhlmiete nicht leisten kann, kommt es ihm in den Sinn. Er stützt sich auf den Ellbogen und hält Ausschau nach dem Mann im Coco-Beach-T-Shirt.

Wie ein Strandvoyeur, fährt es ihm durch den Kopf. Sofort legt er sich auf den Rücken, greift das Buch und hält es in bequemer Lesedistanz über den Kopf. Ein feiner Sandregen rieselt ihm aus den Seiten in die Augen. Er säubert die Zeigefinger, so gut es geht, und reibt vorsichtig die Augendeckel von der Mitte gegen die Nasenwurzel. Sofort fangen die Augen an zu brennen wie nach einer Pfefferspray-Attacke. »Avoid eye contact« hatte auf der wasserfesten Sonnencreme, Faktor 20, gestanden.

»Mami, warum weint der Mann?« hört er ein Stimmlein fragen.

»Vielleicht ist er traurig, daß die Ferien so kurz sind«, antwortet die Mutter.

»Armer Mann«, sagt das Stimmlein.

»Hau ab!« knurrt Huber.

Huber spannt aus (II)

Mit einem Zipfel des Badetuchs versucht Huber, sich den Sand aus den brennenden Augen zu tupfen. Caroline hat ihre geschlossen und macht keine Anstalten, ihm beizustehen.

Dabei trägt sie die Verantwortung. Ohne sie wäre er nicht hier, hätte keinen Sand aus den Augen gerieben und keine Sonnencreme an den Fingern gehabt. Andere Frauen wären längst dabei, die Augen ihrer Männer vorschriftsgemäß mit großen Mengen Wasser gründlich zu spülen. Nicht so Caroline. Sie liegt auf der Strandliege und meidet jede Aufregung.

Mit zusammengekniffenen Augen tastet er nach seinen Schlappen, findet sie nicht und macht sich barfuß auf den Weg zur ›Coco Beach Bar‹. Nach ein paar würdevollen Schritten im glühenden Sand verfällt er in einen lockeren Laufschritt, den Rest der Strecke legt er Haken schlagend von Sonnenschirmschatten zu Sonnenschirmschatten zurück. Mit brennenden Augen und Füßen wartet er, bis die Toilette frei wird.

Im Büro hätte er jetzt die Wahl zwischen drei um diese Jahreszeit praktisch nicht frequentierten Direktionstoiletten.

Nach ein paar Minuten geht die Tür auf. Die junge Frau,

mit der sich der Liegestuhlkassierer so lange unterhalten hat, kommt heraus. Sie wirft ihm einen mißtrauischen Blick zu. Huber erkundigt sich beim Barman nach der Herrentoilette und erfährt, daß es nur diese eine Toilette gibt. Er geht zurück und sieht gerade noch, wie der Liegestuhlkassierer in der Tür verschwindet. Um die Begegnung zu vermeiden – er hat das Portemonnaie auf der Badetasche liegenlassen –, beobachtet er die Toilette aus der Distanz.

Als der junge Mann herauskommt, sieht Huber eine ältere Frau auf die Toilette zusteuern. Er schafft es gerade noch, vor ihr die Tür zu erreichen, und hört sie sagen: »Aha, ein Gentleman.«

Huber dreht den Hahn des Waschbeckens voll auf und schaufelt sich mit beiden Händen Wasser in die offenen Augen. Das Brennen nimmt sofort zu. Salzwasser.

Huber eilt zur Theke. »Trinkwasser!« ruft er dem Barman zu.

»Mit oder ohne Gas?«

Er bestellt eines ohne, trinkt einen Schluck, benetzt unauffällig eine Papierserviette und wäscht sich diskret die Augen aus. Das Brennen läßt nach. Er tänzelt über den heißen Sand zur Liege zurück, Caroline hat sich nicht gerührt.

Das Portemonnaie ist noch dort. Er nimmt es, hüpft zur Bar zurück und bezahlt.

Als er zur Liege zurückkommt, ist Caroline wach.

»Der junge Mann wollte kassieren, aber du mußtest ja das ganze Geld in die Bar mitnehmen.«

Es gelingt Huber, sich wortlos hinzulegen und schlafend zu stellen. Der Schweiß in seinem Körper versucht vergebens, die Schicht wasserfeste Sonnencreme, Faktor 20, zu durchdringen.

Im Büro würde er jetzt eventuell das Jackett ausziehen. Oder die Klimaanlage kühler einstellen.

Huber spannt aus (III)

Wie soll sich eine Schweizer Führungskraft entspannen auf einer Strandliege, deren Miete nicht bezahlt ist? Noch dazu, wenn die Ehefrau auf der Nachbarliege (deren Miete er ebenfalls schuldet) ihn ermahnt, sich endlich zu entspannen.

»Ich bin ja entspannt«, murrt Huber, ohne die Augen zu öffnen.

»Nein, du denkst ans Geschäft. Du bewegst die Zehen.«

Jetzt, wo sie es erwähnt, wird er sich bewußt, daß er die Füße zu Fäusten ballt und zu Füßen streckt, ballt und streckt, ballt und streckt.

»Das tu ich zur Entspannung«, belehrt er Caroline, ohne Hoffnung, daß sie sich mit dieser Erklärung zufriedengeben würde.

»Und weshalb ist dann dein Gesicht so verkniffen?«

Huber merkt, daß er die Augen so fest zugepreßt hat, daß er, falls er tatsächlich einschlafen sollte, mit einem Gesichtsmuskelkater erwachen würde.

»Falls ich schlafe, wenn der Typ die Liegen und den Sonnenschirm kassieren kommt: Das Portemonnaie ist im Außenfach der Badetasche«, sagt er, um das Thema zu wechseln.

»Ach, deshalb«, sagt Caroline.

»Deshalb was?«

»Bist du so verkrampft. Du wartest auf den Strandwächter.«

»Ich warte überhaupt nicht, ich will nur nicht, daß du mich weckst, wenn er kommt. Nur das.«

»Wenn wir schlafen, wenn er kommt, muß er halt später wieder kommen.«

Wir! Sie nimmt also in Kauf, daß sie schläft, wenn der Strandwächter kommt.

Wenn sie sich doch solche Sorgen macht, daß er sich nicht entspannen könne, bis die Miete der Liegen und des Schirms bezahlt ist, warum sagt sie dann nicht »Relax, Schatz, ich kümmere mich um die Sache«?

Wenn Flawiler aus der Finanz anstelle von Caroline neben ihm läge, dann wäre Huber völlig entspannt. Flawiler würde ihn nicht mit Details wie der Abgeltung der Liegenmiete behelligen. Er würde sich zum gegebenen Zeitpunkt darum kümmern und, wie er ihn kennt, sogar noch besonders günstige Konditionen herausholen. Während Huber sich um die wichtigen Aufgaben kümmern könnte. Um seine Entspannung, zum Beispiel.

Oder Hopfer. Wenn Hopfer von der Rechtsabteilung neben ihm läge, würde Huber einschlummern und müßte sich keine Sorgen machen, es könnten Zweifel an der Rechtmäßigkeit seiner Liegenbenutzung aufkommen. Hopfer würde dem Vermieter zum Beispiel klarmachen, daß es sich in diesem Fall um eine Holschuld des *Ver*mieters handle, dessen Anspruch inzwischen allerdings erloschen sei.

Eine Zeitlang läßt ihn der Gedanke an Flawiler und Hopfer beinahe eindösen.

Aber er liegt neben Caroline! Und riskiert, als Strandliegen-Squatter verhaftet und abgeschoben zu werden!

»Jetzt hast du wieder angefangen, ans Geschäft zu denken«, sagt Caroline. »Ich seh's an deinen Füßen.«

Wie sag ich's Strassner?

Als Renata Kellmann den Hörer auflegt, ist sie bleich. Sie verharrt einen Moment ganz still auf dem Stuhl und wünscht sich, sie könnte den Anruf ungeschehen machen. Sie hätte ja draußen sein können und das Läuten überhört haben. Dann hätte die Zentrale das Gespräch angenommen, und Renata hätte selbst entscheiden können, ob sie zurückrufen will. Wahrscheinlich hätte sie nicht zurückgerufen. Sie hat nämlich ein Gefühl für Hiobsbotschaften. Sie hätte den Rückruf hinausgeschoben und ihre Gespräche auf die Zentrale gelegt.

Aber jetzt ist es zu spät. Sie hat den Anruf nichtsahnend entgegengenommen. Und die ganze Wucht der Nachricht ohne Deckung eingesteckt.

Ein Blick auf die Uhr. Noch eine halbe Stunde, bis Strassner eintrifft. Gut erholt vom verlängerten Wochenende. Treuherzig wie ein Kind. Noch eine halbe Stunde bis sie, Renata Kellmann, wer sonst, es ihm beibringen muß.

Sie rafft sich auf, geht zur Kaffeemaschine und macht sich einen starken Espresso. Neben der Maschine liegen je eine Schachtel Earl Grey, Pfefferminz- und Kamillentee. Vielleicht sollte sie Strassner statt einem Earl Grey einen Kamillentee bringen. Als Anknüpfungspunkt. »Weshalb Kamillentee?« würde er fragen. »Zur Beruhigung«, würde sie antworten. Und schon wäre das Terrain vorbereitet. Wenn auch, das muß sie zugeben, etwas plump.

Wie würde er es an ihrer Stelle machen? Wahrscheinlich mit der Frage: »Zuerst die gute oder die schlechte Nachricht?«

Aber es gab keine gute Nachricht. Oder keine, die einem Vergleich standhalten würde. Die auch nur annähernd so gut ist wie die andere schlecht. Wie immer sie es ihm beibringen wird, es wird ihn niederstrecken. Er wird am Boden zerstört sein. Es wird lange dauern, bis er sich von diesem Schlag erholt. Falls es ihm überhaupt je gelingt. Und sie und die Abteilung werden mitleiden.

Renata Kellmann trinkt ihren Espresso und blickt auf die Einfahrt hinunter, in der jederzeit der blaue Audi auftauchen kann mit ihrem ahnungslosen Chef am Steuer.

Vielleicht könnte sie sich krank melden. Wenn sie jetzt eine Notiz schriebe, daß sie wegen einer Unpäßlichkeit ausfalle, und ein PS mit der Nachricht, würde sie noch vor seinem Eintreffen aus dem Haus sein. Bis sie wieder gesund wäre, hätte er den Schlag einigermaßen verdaut.

Noch während sie am Schreiben ist, geht die Tür auf, und Strassner tritt ein. Er ist etwas gebräunt und trägt einen Anzug und eine Krawatte, die sie noch nie gesehen hat.

Keine Chance, das Thema zu umgehen, Strassner fällt mit der Tür ins Haus: »Ist heute nicht der Tag, an dem der lästige Fotograf von dieser Wirtschaftszeitung mir die Zeit stehlen will?«

»Darf ich Ihnen einen Kamillentee bringen?« fragt Renata Kellmann.

Bifigers Flip

Also, wenn Bifiger sich selbst beschreiben müßte, würde er vielleicht nicht bei seinen fachlichen Qualifikationen anfangen, sondern bei seinen persönlichen. Kommunikations-, Motivations-, Teamfähigkeit, Durchsetzungsvermögen, Einsatzbereitschaft und Belastbarkeit fallen ihm da zum Beispiel ein. Und natürlich die analytisch-konzeptionellen Fähigkeiten. Oder vielleicht vorher noch das prozeßorientierte Denkvermögen und die rasche Auffassungsgabe. Nicht zu vergessen, das ganzheitliche, vernetzte und transparente Denkvermögen. Plus die Fähigkeit, zielorientiert, strukturiert und unternehmerisch zu handeln.

Das sind mal so grob die persönlichen Eigenschaften, die Bifiger zu Bifiger einfallen.

Integer, charakterstark, exakt, diszipliniert, korrekt würde er nicht erwähnen. Zu selbstverständlich.

Anschließend würde Bifiger kurz das Fachliche streifen. Breite betriebswirtschaftliche Ausbildung. Eidgenössischer Buchhalter mit Fachausweis. Langjährige praktische Erfahrung im Controlling. Vertiefte Kenntnisse im Finanz-, Rechnungs- und Personalwesen. Führungserfahrung. Gute Fremdsprachenkenntnisse in Französisch und Englisch. Sattelfest in Excel, SAP, Access und Power Point.

Natürlich gehört zur Abrundung des Bildes auch ein

kurzer Abriß des privaten Bifiger. Den würde er auf die folgenden Eckdaten beschränken: Hauptmann der Versorgungstruppen, verheiratet, zwei Kinder. Hobbys: Joggen, Langlauf, Biographien großer Männer und die Geschichte des Oberentlebuchs.

Und damit Sie sich auch von der äußeren Erscheinung Bifigers ein Bild machen können: Jahrgang 54, 1,78 m, 74 kg, brünett, noch recht dichter Haarwuchs, Kurzhaarschnitt mit Seitenscheitel links (von ihm aus gesehen), Brillenträger, dreiteiliger grauer Anzug, hellblaues Hemd, rote Krawatte mit feinen kobaltblauen Streifen, Rado-Uhr, schwarze Halbschuhe mit Gummisohlen. Schwarze Socken. Fünftüriger Opel Vectra in Braunmetallic.

Bifiger leitet das Controlling eines mittleren Unternehmens. Er ist um sieben Uhr vierzig im Büro, es kann aber ruhig auch einmal sieben Uhr fünfzig werden. Er arbeitet zwischen fünfzig und fünfundfünfzig Stunden die Woche, in den Vor-Bilanzwochen auch etwas länger. Er strukturiert seine Tage so, daß er dreimal die Woche über Mittag auf den Fitnessparcours kann. Die beiden anderen Mittagspausen (Di und Do) sind für zwischenmenschliche Kontakte reserviert.

So, und jetzt denken Sie, Bifiger sei ein ganz verbissener, farbloser Typ. Falsch. Denn wenn sein Handy klingelt, spielt es:

She says, hey babe,
Take a walk on the wild side.
Said, hey babe,
Take a walk on the wild side.
And the colored girls go doo do doo do doo do do doo…

Obermann im Supermarkt

Villauer hat Obermann im Supermarkt gesehen.«

»Sepp Obermann, CEO?«

»An der Kasse. Lebensmittelabteilung.«

»Was hat er dort gemacht?«

»Bezahlt.«

»Du meinst, Obermann kauft eigenhändig Lebensmittel ein?«

»Sieht ganz so aus.«

»Mit der Frau?«

»Allein.«

»Keine Verwechslung?«

»Villauer erkennt doch den Mann, der ihm letztes Jahr den Bonus gestrichen hat.«

»Obermann stand an der Kasse der Lebensmittelabteilung und wußte, wie das geht?«

»Was?«

»Bezahlen. Daß die Kassiererin einen Preis sagt und man selber das Portemonnaie nehmen und richtiges Geld hinlegen und das Herausgeld zählen muß?«

»Scheint er geschafft zu haben.«

»Und danach? Selber eingepackt? Die schweren Sachen unten und die heiklen oben? Und dann? Auf die Straße hinaus? Im Cool-Wool-Dreiteiler mit einer Tragetasche?«

»So genau habe ich nicht gefragt.«

»Villauer sieht Obermann an der Kasse der Lebensmittelabteilung des Supermarkts, und du fragst nicht genau? Ich wüßte sogar, was er eingekauft hat.«

»Eine Flasche Beaujolais war dabei.«

»Beaujolais?«

»Elf fünfundneunzig, im Angebot.«

»Obermann kauft Angebot-Beaujolais im Supermarkt?«

»Villauer schwört es. Er ist extra zum Regal zurückgegangen. Elf fünfundneunzig.«

»Was tut Obermann damit?«

»Vielleicht trinkt er ihn.«

»Beaujolais für elf fünfundneunzig?«

»Vielleicht gab es keinen teureren.«

»Dann hätte er verzichten müssen. Anstatt zu riskieren, daß ihn jemand sieht.«

»Vielleicht hat er übersehen, daß er im Angebot war.«

»Zu dem Preis?«

»Bei seinem Einkommen weiß der doch nicht, was die Dinge kosten. Vielleicht hat er gedacht, das sei der normale Preis.«

»Bei seinem Einkommen schaut der doch nicht auf den Preis.«

»Dafür würde sprechen, daß er ganz ungezwungen mit der Flasche umgegangen sei. Fast demonstrativ.«

»Demonstrativ?«

»Er habe sich nicht die geringste Mühe gegeben, die Flasche vor Villauer zu verstecken.«

»Du willst doch nicht etwa sagen, Obermann habe Villauer gesehen?«

»Er hat ihm sogar zugewinkt.«

»Scheiße. Jetzt weiß ich, was Obermann mit dem billigen Beaujolais macht.«

»Was?«

»Die Lohngespräche vorbereiten.«

Der Millionenverlust

An den getönten Scheiben des Mercedes S500 zieht ein unpassend schöner Spätsommernachmittag vorbei.

Fentner sitzt mit ausgestreckten Beinen tief in den Lederpolstern des Fonds und starrt auf die Schuppen auf Buchers Schultern. »Warteschleife«, hatte er ihm befohlen, als das Logo auf dem Dach der achtzehnstöckigen Konzernzentrale in Sicht kam. Bucher kennt das Prozedere. Es kommt oft vor, daß Fentner die Zeit in der neutralen Zone zwischen Abfahrt und Ankunft etwas verlängern will.

Ob es Bucher diesmal wohl auch trifft, fragt sich Fentner. Er kann sich zwar keine Krise vorstellen, deren personelle Konsequenzen sogar den Abbau der Stelle seines Fahrers nötig machen könnten. Aber daß man sie durch eine Neubesetzung etwas kostenbewußter gestalten müßte, ist in der jetzigen Situation nicht ganz ausgeschlossen. Bucher ist doch schon über zwölf Jahre dabei. Da läppern sich doch ein paar Gehaltsanpassungen zusammen.

Achtundzwanzig Millionen! Immer wieder donnert die Zahl wie ein Paukenschlag durch sein Inneres. Dabei hat sie Gulberger, sein CFO, fast geflüstert.

Bucher wirft einen kurzen Blick in den Rückspiegel, taxiert den geistesabwesenden Gesichtsausdruck seines Chefs und biegt in die Autobahnauffahrt ein. Kurz darauf gleiten sie auf der Überholspur am Schwerverkehr vorbei. Die Luftfederung der Limousine filtert die Unebenheiten aus dem Asphalt, vom 5-Liter-V8-Motor ist nichts zu hören. Fentner versucht, nicht an die Aktionäre zu denken, aber es gelingt ihm nicht. Immer wieder tauchen vor seinem inneren Auge Gesichter von Menschen auf, die ihm vertraut haben. Sie sagen: »Du hast uns enttäuscht, Fentner. Wir haben dir vertraut. Wir haben unser Schicksal in deine Hände gelegt. Aber du warst unseres Vertrauens nicht würdig. Wo sind unsere achtundzwanzig Millionen, FENTNER?«

Und erst die Analysten! Sie werden *ihm* die Schuld in die Schuhe schieben, statt der Weltwirtschaftslage. Sie werden *seinen* Kopf fordern, wenn er sie nicht mit ein paar hundert anderen Köpfen abspeisen kann.

Sie haben die Autobahn verlassen und kreuzen jetzt auf einer Landstraße an einem Sonnenblumenfeld vorbei. Traurig hängen die Köpfe der noch nicht voll erblühten Pflanzen. Wie die Köpfe seines Heers von Aktionären.

Er wird vor sie hintreten müssen. Er wird sie mit einschneidenden Maßnahmen besänftigen müssen. Zehn Arbeitsplätze pro Million werden nicht reichen, unter zwanzig wird er nicht wegkommen.

Über eine Stunde läßt sich Fentner von Bucher durch das Niemandsland zwischen zwei Terminen chauffieren. Und überlegt, wie er der Öffentlichkeit beibringen soll, daß der Gewinn des Unternehmens um achtundzwanzig Millionen runtergerasselt ist. Auf eine Milliarde dreihundertzwölf Millionen.

Die Maßnahme Ulminger (1)

Torfmann besitzt einen Spitznamen, auf den er ein wenig stolz ist: Toughman. Er verdankt ihn seiner unsentimentalen Art, Probleme anzugehen und Maßnahmen durchzusetzen. Wie heute zum Beispiel die Maßnahme Ulminger.

Ulminger leitet die Logistik, und diese wird in Zukunft in den Vertrieb integriert. Das schafft ein paar Synergien und spart ein paar Kostenstellen ein, namentlich die Kostenstelle Ulminger. Letztere ist besonders kostenrelevant, denn Ulminger war ein teurer Einkauf. Torfmann hatte ihn bei seinem größten Konkurrenten losgeeist und dafür tief in die Tasche greifen müssen.

Der Beschluß fiel in der Geschäftsleitungssitzung, an welcher Ulminger eigentlich teilgenommen hätte, wenn er nicht in den Ferien gewesen wäre. Das war zwar keine ideale Situation, aber wenn Torfmann alle seine Entscheidungen nach den Ferienplänen seines Führungskaders ausrichten würde, könnte er den Laden gleich dichtmachen. Abgesehen davon, daß Maßnahmen viel offener diskutiert werden können, wenn die davon Betroffenen nicht auch noch ihren Senf dazugeben. Der Beschluß wurde von allen Sitzungsteilnehmern unterstützt. Nicht nur von Imtobel, dem Leiter Vertrieb, dem Ulminger und die Gerüchte über dessen Gehalt schon immer ein Dorn im Auge waren.

Torfmann hakte das Traktandum ab und ließ in Ulmingers Agenda für den Montag nach dessen Ferien ein Essen im ›Du Roi‹ eintragen.

Das ›Du Roi‹ ist ein etwas heruntergewirtschaftetes Viersternehotel, in dessen Restaurant immer Platz für ein Gespräch unter vier Augen ist. Ulminger ist schon da, als Torfmann eintrifft. Er sitzt an einem großen runden Tisch. Torfmann ist gezwungen, sich neben ihn zu setzen, denn es ist für fünf Personen gedeckt, und ein direktes Visavis fehlt.

Sie sind die einzigen Gäste im Lokal. Ein als Kosake verkleideter Kellner bringt ihnen unaufgefordert zwei Gläser Krimsekt. »Russische Wochen«, erklärt Ulminger und deutet auf die Speisekarte. Torfmann bestellt für beide das Menü mit Borschtsch, Warenniky, Kuljebjaka, Oladuschki. Was immer das ist, er ist zum Arbeiten hier, nicht zum Essen.

Gerade als er sagt: »Sie werden sich fragen, weshalb ich Sie treffen wollte«, kommen zwei Kosaken an den Tisch. Sie haben dreieckige Gitarren umgehängt, nicken freundlich und beginnen »Schwarze Augen« zu spielen. Torfmann unterbricht seine Vorrede und wartet, bis es vorbei ist. Er hat das Lied schon gehört, aber er kann sich nicht erinnern, daß es so viele Strophen hat. Eine kleine Ewigkeit sitzt er verlegen da und hofft, daß niemand hereinkommt, der ihn kennt.

So erleichtert ist er, als die Balalaikas verklingen, daß er sich zu einem Applaus hinreißen läßt.

Sein »Ich fürchte, ich habe schlechte Nachrichten für Sie, Ulminger« geht im »Lied der Wolgaschlepper« unter.

Die Maßnahme Ulminger (II)

Niklaus »Toughman« Torfmann sitzt betreten neben Ulminger im leeren ›Du Roi‹ und wartet, bis die Kosaken am Tisch das »Lied der Wolgaschlepper« fertig gesungen haben. Danach will er ihn unumwunden mit der Tatsache konfrontieren, daß seine Abteilung Logistik in Imtobels Abteilung Vertrieb integriert und Ulminger damit überflüssig wird wie ein Kropf.

Auch das »Lied der Wolgaschlepper« besitzt mehr Strophen als in seiner Erinnerung. Oder vielleicht sang Ivan Rebroff auf der Lieblingsplatte seiner Tante Lili, bei der er einmal die Sommerferien verbringen mußte, nicht alle.

Endlich verklingen die Balalaikas, und die Kosaken verneigen sich. Jetzt bloß nicht wieder voreilig applaudieren, fährt es Torfmann durch den Kopf. Zu spät: Ulminger, für den Torfmanns russische Seele eine völlig neue Seite ist, will nicht – wie vorhin bei »Schwarze Augen« – verspätet und zögernd in dessen Applaus einstimmen. Er klatscht enthusiastisch. Die Kosaken besprechen sich kurz und stimmen »Herrlicher Baikal, du heiliges Meer« an. Ulminger nickt Torfmann glücklich zu, als wollte er sagen: »Unser Lied«. Torfmann wird sich seine Sekretärin vorknöpfen. Sie hätte ihn warnen müssen, daß das ›Du Roi‹ russische Wochen hat.

In der Hoffnung, mit einem Trinkgeld die Musik abstellen zu können, steckt Torfmann den beiden noch im Schlußakkord zwei Zehnernoten zu.

»Ein Wunsch?« erkundigt sich der Bariton. Bevor Torfmann sagen kann: »Daß Sie aufhören und abhauen«, ruft Ulminger: »Kalinka!« Torfmann soll ruhig merken, daß auch in ihm tief drinnen eine russische Seele wohnt.

Während sie die Borschtsch löffeln, spielen die Kosaken »Hälmchen kann am großen Halme«. Torfmann muß daran denken, weshalb er damals den Sommer bei Tante Lili verbringen mußte: Seine Eltern ließen sich scheiden. Der Gedanke macht ihn traurig, und er ist ganz froh, daß die Musik nahtlos in »Auf glattem Wolgaeise« übergeht und ihm damit noch etwas Aufschub gewährt, bis er Ulminger eröffnen muß, daß er während seiner Ferien zur Synergie geworden ist.

Täuscht er sich, oder hat Ulminger glänzende Augen? Der Mann wird doch nicht etwa sentimental sein? Das hätte ihm noch gefehlt, daß der in Tränen ausbricht, wenn er erfährt, daß er ihn vor acht Monaten für teures Geld abgeworben hat, nur um ihm jetzt zu erklären, daß er ihn eigentlich gar nicht braucht.

Er wird die Maßnahme natürlich auf Ulmingers Performance zurückführen. Nicht auf eine Fehleinschätzung seinerseits.

Die Balalaikas schweigen. Erwartungsvolle Stille breitet sich aus.

»Machen wir's kurz und schmerzlos«, sagt Torfmann. Ulminger schaut ihn erschrocken an.

Toughman räuspert sich, blickt zu den Kosaken hoch und fragt: »Kennen Sie ›Das einsame Glöckchen‹?«

Die Maßnahme Ulminger (III)

Zum Klang des »Einsamen Glöckchens« essen Torfmann und Ulminger andächtig die mit Sauerkraut gefüllten Teighalbmonde, die der Kellner mit den Worten »zweimal Warenniky« vor sie hingestellt hat. Dazu trinken sie Krimsekt. Aufgrund eines Mißverständnisses: Der Kellner hatte Torfmanns rhythmische Kopfbewegungen – die Kosaken spielten gerade »Kalinka« – als Nicken interpretiert, als er fragte, ob sie zum Essen beim Krimsekt bleiben wollten. Und eine ganze Flasche gebracht.

In einem leeren Lokal zu Krimsekt und Balalaikas eine vor kurzem der Konkurrenz abgeworbene Führungskraft zu feuern ist selbst für »Toughman« Torfmann eine Challenge. Zumal er es gewesen ist, der sich von den zwei Kosaken »Das einsame Glöckchen« gewünscht hat.

Er könnte es aussehen lassen, als hätte er das Lied als Überleitung zum eigentlichen Thema des Abends gewünscht. »Apropos Glöckchen«, könnte er sagen, »ich fürchte, dieses hat für Sie geschlagen.« Oder besser: »Apropos einsam, so fühle ich mich in Momenten wie diesen, wenn ich Entscheidungen wie die folgende kommunizieren muß.«

Ach was, er wird das Ende des Liedes abwarten und ganz sec sagen: »Ich hätte mir einen etwas nüchterneren Rahmen gewünscht, um Ihnen mitzuteilen, daß Ihre Logistik in Imtobels Vertrieb integriert wird, Herr Ulminger.«

Aber Ulminger bringt diesen Plan durcheinander: Als ahne er etwas, wünscht er sich »Habe Mitleid«. Torfmann bleibt nichts übrig, als weiter abzuwarten.

Endlich verbeugen sich die Kosaken und ziehen sich zurück. Torfmann wird noch eine Minute verstreichen lassen, bis sich die sentimentale Stimmung verzogen hat.

Die Stille, die die Balalaikas hinterlassen, wird mit jeder Sekunde bedeutungsvoller. Torfmann muß sie mit einer sachlichen Bemerkung banalisieren.

Nur fällt ihm auf die Schnelle nichts Sachliches ein. Er nimmt einen Schluck aus dem Glas und merkt zu spät, daß es leer ist. Sofort eilt der Kellner herbei und schenkt die Gläser voll. Notgedrungen stößt er jetzt mit Ulminger an. Was die singenden Kosaken aus dem Hintergrund mit einem Tusch untermalen. Torfmann beschließt, das Traktandum auf den Kaffee zu verschieben. Falls Russen Kaffee trinken.

Zum Kuljebjaka trinken sie den Rest des Krimsekts, bei der Nachspeise (Oladuschki) gehen sie auf Anraten des Kellners zum Wodka über. Die Kosaken kommen wieder an den Tisch.

Bei »Tiefes Leid« kämpft Torfmann mit den Tränen. Und bei »Kosakisches Wiegenlied« erzählt er Ulminger von der Scheidung seiner Eltern.

Als sie die letzten Wodkagläser in den Kamin geworfen haben, sagt Ulminger: »Du wolltest mir doch etwas mitteilen.«

»Stimmt«, lallt Toughman, »Imtobels Vertrieb wird in deine Logistik integriert.«

*Sprachlosigkeit am Kaffeeautomaten**

Attinger und Egglin stehen am Kaffeeautomaten.

Attinger: »Was sagst du?«

Egglin: »Nichts.«

Attinger: »Geht mir auch so.«

Egglin: »Geht allen so.«

Attinger: »Was soll man schon sagen?«

Egglin: »Worte reichen nicht aus.«

Beide schauen schweigend zu, wie sich sein Becher mit Espresso füllt. Gutfelder kommt.

Gutfelder: »Was sagt ihr?«

Attinger: »Nichts.«

Egglin: »Was soll man schon sagen?«

Gutfelder: »Alles, was man sagen würde, wäre banal.«

Attinger: »So ist es.«

Egglin nimmt seinen Becher. Attinger wirft einen Jeton in den Schlitz und schaltet von Espresso auf Kaffee. Das Mahlwerk rasselt. Ein dünner Strahl fließt ins Styropor.

Egglin: »Tja.«

Attinger: »Hm.«

Gutfelder: »Jaajaa.« Er nimmt einen Becher und wirft zwei Stück Zucker hinein.

*Kolumne anläßlich des 11.9.2001

Dörfler stößt dazu und schüttelt nur stumm den Kopf.

Attinger: »Wir hatten es auch gerade davon.«

Egglin: »Man weiß gar nicht, was sagen.«

Gutfelder: »Am besten, man schweigt.«

Attingers Kaffee ist fertig. Er nimmt ihn und bleibt unschlüssig bei den anderen stehen. Gutfelder stellt seinen Becher hin. Sie lauschen versunken den Geräuschen des Automaten.

Dörfler: »Da fehlen einem die Worte.«

Attinger nimmt einen Schluck Kaffee.

Egglin auch.

Gutfelder zieht vorsichtig den Aludeckel von einem Sahnedöschen.

Dörfler starrt in seinen noch leeren Becher.

Rebmann tritt auf den Gang und kommt langsam auf sie zu.

Gutfelder greift sich seinen Becher, kippt den Inhalt des Sahnedöschens hinein und beginnt mit einem Plastikstäbchen im Kaffee zu rühren.

Dörfler stellt seinen Becher hin und schaltet zurück auf Espresso.

Rebmann hat sie jetzt erreicht.

Rebmann: »Was sagt ihr dazu?«

Dörfler: »Was soll man da sagen?«

Attinger: »Am besten nichts.«

Egglin: »Worte reichen nicht aus.«

Gutfelder: »Tja.«

Dörfler nimmt seinen Becher, Rebmann stellt seinen hin.

Rebmann: »Ich find's entsetzlich. Ich bin völlig fertig.«

Sie warten, bis Rebmann seinen Kaffee rausgelassen hat

und damit am Ende des Gangs in seinem Büro verschwunden ist.

Attinger: »Manchen Leuten ist jeder Anlaß recht, um sich zu profilieren.«

Karriere und Zufall (1)

Auf diesen Moment hat Fender lange gewartet. Ein Jahr und acht Monate, um genau zu sein. Seit seinem Eintritt in die Siwco lauert er auf eine Gelegenheit, Eggdorf privat etwas näherzukommen.

Eggdorf ist der direkte Draht zu Bordmann, die Number one der Siwco. Der einzige, der mit ihm per du ist. Zusammen Militär gemacht, vermutet man, Eggdorf spricht nicht darüber. Er beteiligt sich nie an Gesprächen über Bordmann. Was dazu geführt hat, daß das höhere Kader in seiner Gegenwart nicht über Bordmann spricht. Oder nur sehr respektvoll.

Aber selbst dazu hat Fender bisher kaum Gelegenheit gehabt. Und wenn, dann immer vor Kollegen, die ihm ein allzu respektvolles Sprechen über Bordmann als Arschkriecherei auslegen würden.

Doch heute will es der Zufall, daß keiner von denen in Hörweite ist. Überhaupt arbeitet der Zufall heute Fender in die Hände: Bei der Einweihung der neuen Logistik-Halle geht er suchend mit einem schlecht assortierten Teller vom kalten Büffet zwischen den Tischen durch und findet keinen Platz auf seinem Level. Da, plötzlich, entdeckt er Eggdorf. Auch er auf der Suche nach einem Platz, auch er mit einer gewagten Mischung aus Vor- und Hauptspeisen. Er entdeckt eine Lücke auf einer Festbank und steuert darauf zu. Fender erfaßt blitzartig, daß neben Eggdorfs avisiertem Platz noch einer frei ist, und schafft es, wie zufällig gleichzeitig dort anzukommen. Er setzt sich neben Eggdorf, wünscht ihm guten Appetit und legt sich einen Vorwand zurecht, respektvoll über Bordmann zu sprechen.

Auf diesen Moment hat Hiltinger lange gewartet. Sieben Monate, um genau zu sein. Seit er bei der Siwco mit ihren undurchlässigen Hierarchieebenen angefangen hat, lauert er auf eine Chance, sich einem Mitglied des höheren Kaders von seiner privaten Seite zu zeigen. Daß es sich dabei um eines mit einem offensichtlich guten Draht zu Eggdorf handeln würde, davon hatte er nicht zu träumen gewagt.

Hiltinger sitzt an einem Tisch unter seinem Niveau und daher in gebührendem Abstand zu seinen Nachbarn links und rechts. Von weitem sieht er Fender, der offenbar einen Platz sucht, und rutscht unauffällig ein Stück nach links. Erst jetzt realisiert er, daß Fender nicht allein ist, sondern mit – Eggdorf. Er rutscht noch ein Stück und sitzt kurz darauf praktisch in Tuchfühlung mit Fender und – über diesen – mit Eggdorf, dem Mann, der angeblich Bordmann duzt. Er wünscht guten Appetit und fügt ein kesses »miteinander« hinzu. Dann überlegt er sich, wie er den Mann, der den Mann, der Bordmann duzt, kennt, am schnellsten in ein privates Gespräch verwickelt.

Fender will gerade zu Eggdorf bemerken: »Nicht jeder hätte Bordmanns unternehmerischen Weitblick, jetzt in die logistische Infrastruktur zu investieren.« Da sagt der Typ links von ihm: »Wenn mein Sohn Raul, fünf, all die Lastautos sehen würde: Brrm, brrm!«

Karriere und Zufall (II)

Als der Kerl zu Fenders Linken sagt: »Wenn mein Sohn Raul, fünf, all die Lastautos hier sehen würde: Brrm, brrm!«, antwortet er nicht: »Stecken Sie sich Ihren Sohn Raul, fünf, sonstwohin, ich warte seit bald zwei Jahren auf die Gelegenheit, mit dem Herrn zu meiner Rechten ein paar private Worte zu wechseln!«

Er lächelt verständnisvoll, bevor er sich wieder Eggdorf zuwendet, um sich respektvoll über Bordmann zu äußern.

»Das zeugt von Bordmanns unternehmerischer Weitsicht, in diesen Zeiten in die Logistik zu investieren«, will er wieder sagen.

Aber Eggdorf ist von seiner Sitznachbarin zur Rechten abgelenkt. Vielmehr von ihrem Dekolleté, an welches er seine Worte zu richten scheint.

Der Zufall hat es gewollt, daß Fender endlich dem Mann, der Bordmann duzt, persönlich näherkommt. Er denkt nicht daran, sich diese Chance von einem Dekolleté versauen zu lassen, und bereitet sich darauf vor, wie ein Handballgoalie in die erste Konversationslücke zu hechten.

Hiltinger findet, bis jetzt sei es gut gelaufen. Immerhin sitzt er bei der Einweihung der neuen Logistik-Halle neben einem Mitglied des höheren Kaders (das sich zudem noch in Begleitung von Eggdorf befindet!) und ist drauf und dran, es in ein Gespräch über die Familie zu verwickeln. Er gratuliert sich zum Einfall, über seinen Sohn Raul, fünf, einzusteigen. Fender hat mit einem interessierten Lächeln reagiert.

Bloß jetzt nicht die Pause zu lang werden lassen, sonst gerät der Anknüpfungspunkt außer Reichweite.

Das ist Fender inzwischen bereits passiert. Das Gespräch zwischen Eggdorf und dem Dekolleté seiner Sitznachbarin dreht sich jetzt um Tageskindergärten. Ein Thema, in das Fenders Lob der unternehmerischen Weitsicht schlecht einzubetten ist. Er ist gezwungen, sich einen neuen Einstieg zurechtzulegen. Irgend etwas mit »Apropos Tageskindergarten...«, aber was?

Hiltinger fällt auch nichts ein. Aber wenn er jetzt nichts sagt, verpaßt er den Anschluß. Er tippt Fender an die Schulter: »Im Dezember wird er sechs.«

»Wie bitte?« fragt Fender.

Hiltinger ist sich nicht sicher, ob Fender vergessen hat, um wen es sich handelt, oder ob er daran zweifelt, daß Raul bereits sechs wird. Er zückt die Brieftasche.

Im selben Augenblick entsteht im Gespräch zwischen Eggdorf und dem Dekolleté eine Pause. Geistesgegenwärtig sagt Fender: »Apropos Tageskindergarten...«

»Nein«, sagt Hiltinger, »für den Kindergarten ist er noch zu klein«, und hält Fender ein Foto von Raul, im Dezember sechs, unter die Nase. Unwirsch stößt Fender die Hand weg.

»Ach, ist der herzig!« jauchzt Eggdorfs Tischnachbarin und greift sich an Eggdorf und Fender vorbei das Foto. Eggdorf, der vor einer tiefausgeschnittenen alleinerziehenden Mutter nicht als Kinderhasser dastehen will, stimmt in ihren Jubel ein. Den Rest des Anlasses verbringen Eggdorf, Hiltinger und das Dekolleté damit, über Fender hinweg Kinderfotos auszutauschen.

Kehrer, Oberli und der Wertezerfall

Kehrer und Oberli sitzen an ihrem Tischchen in der ›Benny Bar‹ und nippen an ihren Apéros. Nichts Exotisches, Gin Tonic für Kehrer, Campari Soda für Oberli. Ab und zu greift Kehrer in das Schälchen mit Salzmandeln. Die Stimmung ist gedrückt. Das Thema ist, wie an allen Tischchen in der ›Benny Bar‹, das Swissair-Debakel.

»Acht Milliarden kurzfristige und zwölf Milliarden langfristige Schulden plus vier Milliarden Leasinggebühren und dann die Nachlaßstundung beantragen«, wundert sich Kehrer. »Ich frage dich: Wie kann man da überrascht sein, daß man bei den Lieferanten nicht mehr anschreiben lassen kann?«

»Die Dimension«, antwortet Oberli.

Kehrer versteht nicht. Oberli erklärt es ihm: »Niemand zweifelt an der Bonität eines Unternehmens, das Schulden in dieser Größenordnung anhäufen kann.«

Kehrer füllt drei Mandeln in die hohle Linke und fischt mit der Rechten nachdenklich eine nach der andern heraus. »Aber doch nicht mehr nach der Nachlaßstundung«, wendet er schließlich ein.

»Dann erst recht. Einen Konkurs in diesen gigantischen Ausmaßen hält doch niemand für möglich.«

»Und was hat ihn möglich gemacht?«

Oberli nimmt einen Schluck. »Der Wertezerfall. Die Menschen haben die Ehrfurcht vor der Milliarde verloren. Seit sie immer häufiger in der Gewinnspalte auftaucht, gewöhnt man sich auch auf der Verlustseite an sie.«

Um eine neue Portion Mandeln zu bekommen, trinkt Kehrer den Campari aus und bestellt noch einen. »Findest du, die Unternehmen erzielen zu hohe Gewinne?«

Oberli schüttelt den Kopf. »Nicht erzielen, veröffentlichen. Früher hat man auch schöne Gewinne gemacht, aber man hat sie nicht an die große Glocke gehängt. Wenn du den Leuten erst einmal die natürliche Scheu vor der Milliarde genommen hast, übersteigt auch der zweistellige Milliardenbetrag nicht mehr ihr Vorstellungsvermögen.«

»Interessanter Ansatz«, sagt Kehrer und füllt sich die hohle Hand mit frischen Salzmandeln. »Deshalb findet auch niemand etwas dabei, wenn die UBS für hundertzehn Millionen die Sparguthaben des Swissair-Personals aus der Konkursmasse herauslöst.«

Oberli hält sein leeres Glas in die Höhe. Die Barmaid nickt. Er wendet sich wieder Kehrer zu. »Wie gesagt: Wertezerfall. Genau was wir brauchen vor der Lohnrunde.«

Kehrer erschrickt. Er ist Personalchef. Die Auswirkungen des Wertezerfalls auf die Lohngespräche waren ihm nicht bewußt.

»Dabei wäre es zu vermeiden gewesen«, seufzt Oberli.

»Wie denn?«

»Wenn zwanzig Milliarden Schulden nicht reichen, um den Konkurs unvorstellbar zu machen, braucht es eben den unternehmerischen Mut, in größeren Dimensionen zu denken.«

Ambühl bleibt am Boden

Ambühl hat schon viele gesehen, denen die Höhenluft nicht bekommen ist. Die, kaum hatten sie die Beförderung in der Tasche, die alten Kollegen nicht mehr kannten. Die ihre Herkunft verleugneten, als wären sie dort oben geboren. Als hätten nicht auch sie einmal klein und häßlich angefangen.

Ihm wird das nicht passieren. Er wird sich weiterhin zu seinen Wurzeln bekennen. Er wird ganz der alte bleiben: bescheiden, sympathisch, normal.

Das wird kein Zuckerschlecken. Bereits im Lift fühlt er eine neue Distanz zu den Mitfahrern. Es scheint, als begegneten sie ihm mit einer bisher nicht gekannten Scheu. Ein anderer würde das schamlos ausnützen. Nicht so Ambühl. Er überbrückt. Er weiß, daß es am Oberen ist, den Unteren die Hand zu reichen. Nicht umgekehrt. Er lächelt entspannt und sagt: »So. Nur noch viereinhalb Tage bis Freitag.« Nichts öffnet die Hierarchieschranken schneller als ein kleiner Scherz im Lift.

Auch beim Lunch in der ›Linde‹ – ganz recht, er geht auch heute in die ›Linde‹, auch in dieser Beziehung ganz der alte – glaubt er den Unterschied zu spüren. Oder ist es Zufall, daß er vor Dalberg und Farnstein bedient wird, die schon hier waren, als er kam? Oder daß der Kellner eine frische Untertasse bringt, nur weil er, wie immer, ein wenig Kaffee verschüttet hat? Bestimmt nicht. Karriereschritte sprechen sich schnell herum, gerade im persönlichen Dienstleistungsumfeld. Natürlich wird dadurch nicht nur die Dienstleistungsqualität verbessert, auch die Erwartungshaltung steigt. Deswegen läßt Ambühl ein seinem neuen Status angemessenes Trinkgeld liegen. Auch das eine Frage, die viel Augenmaß voraussetzt: Wo hört die Kleinlichkeit auf, wo beginnt die Protzigkeit?

Er verläßt die ›Linde‹ etwas früher als sonst und fühlt sich bemüßigt, eine beschwichtigende Geste zu machen, die besagt: Bleibt ruhig noch ein paar Minuten, ich nehme nicht meine Vorbildfunktion als Führungskraft wahr, ich habe einfach momentan verdammt viel um die Ohren.

Auf dem Weg zurück ins Büro hat er zweimal das Gefühl, von wildfremden Passanten angestarrt zu werden. Hat sich die Sache bereits auf seine persönliche Ausstrahlung ausgewirkt? Bewegt er sich anders? Er nimmt sich vor, dies vor dem Spiegel zu überprüfen und, falls in seiner Haltung Spuren von Arroganz oder Überheblichkeit zu entdecken sind, sofort die nötigen Korrekturen vorzunehmen.

Abends beim Apéro hat er das Gefühl, eine unbekannte Frau habe ihm von der Bar aus zugelächelt. Er reagiert nicht. Auch das ist eine Falle, in die er nicht tappen wird: die Erotik der Macht. Wie viele Ehen sind an ihr zerbrochen! Wie viele Anwälte durch sie reich geworden!

Ambühl läßt sein Bier – ja, er ist beim Bier geblieben – stehen und geht auf dem schnellsten Weg nach Hause. »Barbara!«, ruft er schon in der Tür, »mach den Prosecco auf, wir haben die Prokura!«

In gegenseitigem Einvernehmen

Wie zwei erwachsene Menschen sitzen Urs und Helen Ketterer im Wohnzimmer und besprechen ihre Scheidung. Ketterer hat für die Gelegenheit einen 92er Barolo von Gaia aufgemacht.

Auf dem Breuertischchen beim Sofa liegt ein A4-Block. Vier Seiten davon sind vollgeschrieben und fein säuberlich in ein Klarsichtmäppchen abgelegt. Sie enthalten die Details der Vereinbarung. Finanziell hat man sich relativ rasch geeinigt. Helen hat einen Freund. Nicht ganz einfach für das Ego eines sonst erfolgreichen Geschäftsmannes, aber Ketterer hatte über ein Jahr Zeit, sich an die Situation zu gewöhnen. Man hatte sich arrangiert. Nach außen hin blieben sie ein Paar, Helen absolvierte mit ihm die gesellschaftlichen Termine, und Ketterer akzeptierte im Gegenzug ihre Termine mit Luc, dem Veganer. Solange sie die Diskretion wahrte.

Ketterer hätte mit diesem Arrangement weiterleben können. Aber gestern eröffnete ihm Helen, daß sie mit Luc zusammenziehen wolle. Ketterer hatte versucht, finanziell Druck zu machen. Bis sich herausstellte, daß Luc ein vermögender Veganer ist. Auch mit den Kindern ließ sich nicht argumentieren: Jeanine ist in einem Internat in Schottland, und Ken hat seit einem Jahr eine eigene Wohnung.

So ist es zur heutigen Besprechung zwischen zwei Erwachsenen gekommen.

»Und nun zum Kommunikativen«, sagt Ketterer.

»Zum was?« fragt Helen.

»Eine Trennung ist auch ein Kommunikationsproblem. Wem sagen wir es wie?«

Helen Ketterer zuckt mit den Schultern.

»Wir stellen vier Verteiler auf: Familie, Freunde, Bekannte, Business.«

»Verteiler?« fragt Helen Ketterer.

»Listen mit Namen der Empfänger.«

»Empfänger von was?«

»Dem Schreiben mit der Scheidungsinformation.«

»Reicht das nicht mündlich?«

Ketterer schüttelt den Kopf. »Es braucht eine Sprachregelung, alles andere ist schlechte Informationspolitik.«

Helen Ketterer zuckt mit den Schultern. Ihr Exmann in spe schreibt: »Betr. Trennung«. Als er ihren skeptischen Blick sieht, erklärt er: »Ich beginne mit der Version ›Business-Verteiler‹ und werde dann sukzessiv persönlicher.«

Helen Ketterer zuckt mit den Schultern. Er beginnt zu schreiben. Nach einer Weile liest er vor: »Sehr geehrter etc. Es liegt mir daran, Sie persönlich über eine Neuorientierung in meinem privaten Umfeld zu informieren: Meine Frau, Helen Ketterer, und ich haben die Trennung beschlossen. Sie geschieht in gegenseitigem Einvernehmen und tritt per – das Datum setzen wir noch ein – in Kraft. Ich werde die gemeinsam verbrachte Zeit in positiver Erinnerung behalten und wünsche Helen Ketterer für die Zukunft alles Gute. – Wie findest du es?«

Helen Ketterer zuckt mit den Schultern.

»Oder braucht es eine Begründung?«

Helen Ketterer schüttelt den Kopf. »Man wird es verstehen.«

Ketterers und die Folgen

Übrigens, Ketterers lassen sich scheiden«, sagt Ulmann beim Frühstück und beißt in ein Aufbackgipfeli.

Seine Frau Christa ist überrascht.

»Woher hast du das?«

»Aus ihrem Kommuniqué. In gegenseitigem Einvernehmen.«

»Kommuniqué?«

»Sie haben ein Release verschickt. Klingt, als würde die Weltpresse von der Scheidung des englischen Königspaars in Kenntnis gesetzt.«

»Wieso schicken sie dir das ins Büro?«

»Ketterer ist ein Geschäftsfreund.«

»Immerhin sind sie jedes Jahr bei unserem Adventsbrunch dabei.«

»Der Adventsbrunch ist ein geschäftlicher Privatanlaß.«

»Ich finde, sie hätten es trotzdem an uns beide richten können.«

»Die Anrede ist neutral gehalten.«

»Das ist ja noch schöner.« Christa Ulmann schenkt Kaffee nach.

»Wegen unüberbrückbarer Meinungsverschiedenheiten in Fragen der ehelichen Treue.«

»Steht das im Kommuniqué?«

»Nein, das hab ich von Ruggler. Sie hat einen Liebhaber – einen Veganer.«

»Verständlich, nach zwanzig Jahren mit diesem Fleischberg.«

Ulmann verschluckt sich fast vor Lachen, seine Frau stimmt ein. Nichts kittet eine Ehe besser als das Scheitern einer andern.

Plötzlich wird Christa Ulmann ernst. »Und der Adventsbrunch?«

»Was ist damit?«

»Wen von beiden laden wir jetzt ein?«

»Ihn natürlich.«

»Warum natürlich?«

»Du kannst ja nicht gut sie und den Veganer einladen.«

»Wieso eigentlich nicht?«

»Weil der Veganer nicht Mitglied der Unternehmensleitung einer der KOFAG nahestehenden Firma ist.«

»Typisch. Kaum läßt sich ein Paar scheiden, wird die Frau zum Paria.«

»Wenn sie im Management einer der KOFAG nahestehenden Firma wäre, würden wir sie einladen.«

»Der KOFAG stehen keine Firmen mit Frauen im Management nahe.«

»Sind wir wieder beim Thema?«

Sie ignoriert die Bemerkung. »Oder wir laden beide separat ein, und sie sprechen sich ab.«

»Dazu müßten sie miteinander reden.«

»Ich dachte, sie trennen sich in gegenseitigem Einvernehmen?«

»Das bedeutet: im Krach.«

»Dann laden wir beide nicht ein.«

»Und wie erkläre ich ihm das?«

»Wenn er keine Einladung bekommt, denkt er, es findet nicht statt.«

»Er wird erfahren, daß es stattgefunden hat.«

Beide trinken einen Schluck Kaffee. »Dann gibt es nur eine Lösung«, sagt Christa Ulmann.

Ulmanns Adventsbrunch findet dieses Jahr nicht statt.

Der Geist des Widerspruchs

Steinacher ist normalerweise nicht nervös vor Sitzungen. Aber vor dieser heute schon: Es ist die erste in seiner neuen Funktion als Mitglied der Geschäftsleitung. Wenn auch nur der erweiterten.

Dabei ist er gut vorbereitet. Er trägt seinen neuen Hugo-Boss-Dreiteiler und die Krawatte, die ihm Edith eigentlich für seine erste Geschäftsleitungssitzung geschenkt hat. Aber sie haben gestern abend die Definition auf die erste erweiterte ausgedehnt.

Auch sachlich ist er gewappnet. Er kennt seine Dossiers und auch die von ein paar weiteren Sitzungsteilnehmern. Seine Nervosität hat einen andern Grund: Wenger, den CEO des Unternehmens.

Es heißt, er kanzle routinemäßig Kadermitglieder vor Publikum ab, um seine Führungsposition zu festigen. Steinacher hat ein mulmiges Gefühl, als er jetzt zum ersten Mal am Tisch des Direktionssitzungszimmers Platz nimmt.

Die erweiterte Geschäftsleitung besteht aus Wenger plus zwölf Mitgliedern. Eine Zahl, die, wie man munkelt, auf Wengers Selbsteinschätzung schließen läßt.

Sie sind fünf Minuten vor Sitzungsbeginn vollzählig versammelt und warten bei Small talk, bis Wenger eintrifft. Das geschieht jeweils mit exakt zehnminütiger Verspätung, wie

Steinacher von Biner weiß. Biner, seinem bisher einzigen Draht zur neuen Welt der erweiterten GL, dem er jetzt schräg gegenübersitzt.

Exakt um fünf nach betritt Wenger grußlos den Raum und sagt: »Wir ziehen Punkt sieben vor. Einwände?«

Das allgemeine Kopfschütteln wird von einer Stimme unterbrochen. »Ich finde, wir sollten uns an die Traktandenliste halten.« Die Stimme gehört Oberfelder. Wahrscheinlich lebensmüde, denkt Steinacher. Aber zu seiner Überraschung diskutiert Wenger die Frage kurz und zieht dann Punkt sieben vor.

Punkt sieben betrifft den Verkauf einer Diversifikation. Wenger ist dafür und mit ihm der Rest der Runde. Außer Oberfelder, der vorschlägt, noch einen Jahresabschluß abzuwarten.

Wenger diskutiert den Vorschlag ganz offen. Man entscheidet sich einstimmig dagegen.

So geht das weiter. Gegen jeden Vorschlag von Wenger hat Oberfelder einen Einwand, der kurz diskutiert und dann verworfen wird. Es stimmt gar nicht, denkt Steinacher, daß Wenger nur Jasager um sich duldet. Im Gegenteil, er behandelt Oberfelder mit mehr Respekt als den Rest des Gremiums.

Diese Erkenntnis verleitet Steinacher dazu, sich dem letzten Einwand von Oberfelder (er betrifft den nächsten Sitzungstermin) ungefragt anzuschließen. Vom Unwetter, das über ihn hereinbricht, hat er sich auch fünf Stunden später beim Apéro mit Biner nicht erholt. »Was um Himmels willen habe ich falsch gemacht?« will er wissen.

»Widersprochen«, erklärt Biner.

»Aber das hat Oberfelder doch ständig getan.«

Biner seufzt und schüttelt den Kopf über soviel Weltfremdheit: »Mensch, Steinacher! Oberfelder ist doch Wengers Neinsager.«

Zuppingers Charisma

Rasiert, geduscht und mit noch feuchten Haaren steht Zuppinger vor dem Badezimmerspiegel und setzt sich seinem Charisma aus, wie so oft in letzter Zeit. Irgend etwas davon müßte ja auch sein Träger spüren, wenn es ihm gelänge, sich zu betrachten wie eine fremde Person. Falls Ausstrahlung vorhanden ist, müßte diese doch vom Spiegel auf ihn zurückgeworfen werden. Oder verhält es sich mit der persönlichen Ausstrahlung gleich wie mit der persönlichen Ausdünstung: Man selbst nimmt sie nicht wahr?

Das Problem ist, daß Zuppinger nicht so recht weiß, was man unter Charisma versteht. Nur, daß es gut sei für die Karriere. Mit deren bisherigem Verlauf kann er zwar zufrieden sein, aber er ist erst Mitte Vierzig und hat noch einiges vor. In die oberste Liga steige man nur auf, heißt es, wenn man Charisma vorweisen könne.

Er sprüht sich Eau de toilette auf die schon etwas graumelierte Brust und zieht die Luft ein. Jetzt riecht er es noch: Armani. Aber schon nach ein paar Minuten wird sich seine Nase an den Duft gewöhnt haben. Von den Nasen von Dritten wird er jedoch noch nach Stunden wahrgenommen, wie ihm seine Frau Lisa kürzlich auf Anfrage bestätigt hat. Wenn sich sein Charisma über Nacht verflüchtigen würde und er es am nächsten Morgen jeweils auffrischen müßte, würde er es vielleicht auch kurz spüren. Aber wahrscheinlich ist er durch die permanente Präsenz seines Charismas immunisiert.

Ein paarmal ist er versucht gewesen, Lisa zu fragen. Aber es ist ihm nicht gelungen, die richtigen Worte zu finden. »Lisa, habe ich Charisma?« hätte zu blöd geklungen. Und »Zähl mir die fünf charismatischsten Männer auf, die du kennst« war ihm zu riskant gewesen. Obwohl er sich nicht vorstellen kann, daß er eine Frau geheiratet hat, die einen Mann ohne Charisma heiraten würde.

Auch sonst kennt Zuppinger niemanden, den er fragen kann. Er ist auf Indizien angewiesen. Und nach diesen forscht er auch jetzt, während er sich kämmt.

Würde ein Mann mit Charisma sich die Haare so behutsam kämmen wie er? Würde er nicht energischer, rücksichtsloser vorgehen? Wozu braucht der Mann Haare, wenn er Charisma hat?

Oder hätte es ein Mann mit Charisma nötig, auch dann den Bauch einzuziehen, wenn er der einzige ist, der es sieht?

Zuppinger verläßt das Badezimmer und geht zum Kleiderschrank. Er entscheidet sich für einen grauen Flanellanzug mit Weste, schwarze Oxford-Schuhe, ein hellblaues Button-down und eine grün-blau gestreifte Krawatte. So stellt er sich vor den Ankleidespiegel und läßt sich auf sich einwirken. Strahlt dieser Mann etwas aus? Wird es still, wenn er den Raum betritt? Folgt man ihm blind, wenn er »Mir nach!« ruft? Besitzt dieser Mann Charisma?

Zuppinger würde sagen: Ja. Aber um sicherzugehen, zieht er die grün-blau gestreifte Krawatte aus und bindet sich die knallgelbe mit den leuchtendroten Zacken um.

Zübins Zielkonflikt

Zübin liegt in der Badewanne und wünschte, er wäre früher geboren. Zehn Jahre, zum Beispiel. Dann hätte er seine heutige Position bereits in den neunziger Jahren erreicht, als noch keine Konflikte bestanden zwischen den Zielen des Managers und den Zielen des Unternehmens.

Zum Trost hat er sich etwas Teures aus Flavias Hälfte des Spiegelschränkchens ins Bad geschüttet. Es überzieht die Wanne mit einem duftenden Schaumteppich, der jetzt seinen Kopf umhüllt und leise knisternd zerfällt.

Damals mußte sich der Manager noch nicht an die persönlichen Ziele und die des Unternehmens verzetteln, es waren ein und dieselben. Sein ganzes Streben konnte ausschließlich dem eigenen Fortkommen dienen, denn es zog automatisch das Fortkommen der Firma nach sich.

Wenn das Ziel die Vergrößerung der Machtfülle des Managers war – und wann war es das nicht? –, dann mußte das Unternehmen diversifizieren, akquirieren und fusionieren. Das war ein Vorgang, so natürlich wie die Assimilation der Pflanzen.

Oder wenn das Ziel die Vergrößerung des Einkommens des Managers war, dann mußte er den Gewinn vergrößern, und das Unternehmen mußte diversifizieren, akquirieren und fusionieren.

Der Manager konnte sich voll und ganz auf seine Karriere konzentrieren und den Management-Schnickschnack den unteren Chargen überlassen, denen es nichts auszumachen schien, sich durch das Profane vom großen Ziel ablenken zu lassen.

Zübin setzt sich ein Schaumkrönchen auf und studiert seine verschrumpelten Fingerbeeren. Vor zehn Jahren diente das Unternehmen noch dem Management, nicht umgekehrt. Da wäre es ihm nicht passiert, daß er sich an einem heiligen Sonntag in die Badewanne legen und über das Unternehmen nachdenken muß. Sich den Kopf zerbrechen über Maßnahmen, die *direkt* mit dem Gedeihen beziehungsweise Gesunden der Firma zu tun haben.

Nicht, daß er sich früher an Sonntagen nicht auch mit Fachlichem beschäftigt hätte – er las regelmäßig Fachliteratur in der Badewanne. Aber das diente bloß der Weiterbildung.

Er hat sich im Laufe seiner Karriere dermaßen weitergebildet, daß er dem heutigen Stand des Daily Business um Lichtjahre voraus ist. Wenn er ganz ehrlich ist – und das kann er ja in der Abgeschiedenheit eines Chanel-Schaumbades –, hat er keinen blassen Schimmer, nach welchen täglichen Verrichtungen die Führung eines Unternehmens heutzutage verlangt.

Brauchte er früher auch nicht. Dafür hatte er seine Leute. Kein Mensch hätte im Traum daran gedacht, daß er diese eines Tages würde entlassen müssen. Zur Sanierung des Unternehmens! Niemand hätte sich damals vorstellen können, daß die Interessen des Managers und des Unternehmens eines Tages so weit auseinanderklaffen könnten, daß man diesem die eigenhändige Führung desselben überlassen müßte.

Zübin stemmt sich aus der Badewanne, trocknet sich ab und stellt sich vor den Spiegel. Wenn er zehn Jahre früher geboren wäre, würde auch die Glatze besser passen.

Blacky Meier

Mit einem Namen wie Hans Meier ist es nicht ganz einfach, nicht in der Masse unterzugehen. Da muß einer neben hervorstechenden fachlichen, charakterlichen und menschlichen Eigenschaften auch optisch etwas zu bieten haben. Von Natur aus hat Hans Meier das nicht. Er ist eher unscheinbar geraten: mittelgroß, mittelschlank, mittelschwer. Besondere Merkmale: keine.

Wenn man von seinen Haaren absieht. Was seiner Meinung nach allerdings schwerfallen dürfte, denn sie sind dichter als bei anderen Managern seines Jahrgangs. Und vor allem: Sie sind schwärzer.

Bei den Pfadfindern taufte man ihn auf den Namen Blacky. Und es war Meier gelungen, den Namen bis in die Studienzeit hinüberzuretten. Aber danach verlor er sich, zusammen mit dem Freundeskreis, der ihn unter diesem Namen kannte. Seine Versuche, sich in seinem neuen Umfeld als Blacky Meier einzuführen, scheiterten daran, daß er auf Business-Ebene mit niemandem auf Spitznamenbasis verkehrte. Vom Namen Blacky blieb nur dessen Ursprung übrig: die Rabenschwärze seines dichten Haars.

Aber auch wenn sich diese nicht mehr im Namen niederschlägt, so ist sie doch sein Unterscheidungsmerkmal geblieben. Er ist davon überzeugt, daß die Leute ihn mit schwarzen Haaren assoziieren. Wenn sie die Augen schliessen und sein Bild abrufen, wird vor ihrem inneren Auge als erstes eine korrekte, dichte, tiefschwarze Frisur entstehen.

Deshalb hat er nervös reagiert, als sich, ach, viel zu früh, die Schwärze mit grauen Fäden zu durchsetzen begann. Er hat sie zuerst mit der Pinzette bekämpft, und als die Zahl der Ausgezupften die Dichte des Haarwuchses zu gefährden begann, einen Fachmann hinzugezogen: seinen Coiffeur Serge, einen Mann, dem er blind vertrauen kann.

Verantwortlich für die Haarfarbe ist laut Serge das Eumelanin. Mit zunehmendem Alter nimmt die Produktion von Eumelanin ab. Es wird durch die Einlagerung von Luftbläschen ersetzt. Diese lassen die Haare grau erscheinen. Und dagegen kann man etwas ganz Einfaches unternehmen: die Luftbläschen wieder mit Eumelanin füllen.

Selbstverständlich würde Hans Meier sich nie im Leben die Haare färben. Aber die Luftbläschen in seinen Haaren im Rahmen des Waschvorgangs mit naturidentischem Eumelanin füllen und dadurch die natürliche Schwärze seiner Haarpracht erhalten, daran kann er mit dem besten Willen nichts Unmännliches entdecken. Weshalb sollte er seine eigene Haarfarbe durch fremde Luft ersetzen und dadurch das Charakteristikum verlieren, das ihn auch optisch von allen andern Hans Meiers dieser Welt unterscheidet?

Seit nunmehr bald sechs Jahren renaturiert Blacky Meier sein Haar. Und bewahrt sich dadurch seine Unterscheidbarkeit. Wenn, zum Beispiel, auf dem Programm für das Kaderseminar steht: »Einführung: Hans Meier« und jemand fragt: »Marketing-Meier?«, bekommt er zur Antwort: »Nein, Gefärbte-Haare-Meier.«

Weihnachten mit Winterberg

Warum kommen Sie nicht zu unserem Weihnachtsessen, da lernen Sie Ihre zukünftigen Kollegen kennen«, hatte Vauthier, der Personalchef, nach der Vertragsunterzeichnung gesagt. Egloff gefiel der Vorschlag. Nichts Unangenehmeres als ein erster Arbeitstag unter wildfremden Leuten. Seinen Linienvorgesetzten, Laufner, hat er zwar beim Assessment getroffen und seine Untergebenen bei einem Rundgang kurz begrüßt, aber die Leute, auf die es wirklich ankommt, kennt er bisher nur vom Hörensagen.

Im großen Bankettsaal der ›Rebe‹ stehen die Gäste beim Apéro und versuchen, nicht im falschen Grüppchen zu stehen, wenn zu Tisch gebeten wird. Die Sitzordnung ist nämlich frei.

Egloff nickt Vauthier zu und entdeckt Laufner in der Ferne. Der obere Kader scheint sich einzeln unters Volk zu mischen. Egloff kennt das von anderen Firmen. Eine an sich sympathische Geste, wenn auch etwas hinderlich für Egloffs Zwecke. Woran sollte er die wirklich karriererelevanten Leute erkennen – nach seinen Recherchen Pfisterer, Immler und Winterberg –, wenn nicht daran, daß sie zusammenstecken?

Noch während sich Egloff einen Plan zurechtlegt, gerät Bewegung in den Stehempfang. Die Gäste verteilen sich plötzlich auf die Plätze. Wenn er nicht als einziger mitten im Saal stehenbleiben will, muß er sich dem nächstbesten Grüppchen anschließen. So kommt er an einen Eckplatz eines abgelegenen Tischs zu sitzen. Sein einziger Nachbar ist ein etwa fünfzigjähriger beleibter Mann, der sich – als Winterberg vorstellt!

Winterberg! Die graue Eminenz des Ladens, wie Egloff aus zuverlässiger Quelle weiß. Der Königmacher. Der Strippenzieher. Wird zufällig Egloffs einziger Tischnachbar. Oder vielleicht nicht ganz zufällig?

Während der Vorspeise – Geflügelpastete – führen sie eine noch etwas angestrengte Konversation. Aber schon bei der Consommé au Sherry wird der Umgangston lockerer. Winterberg bestellt ein Supplement Sherry, und Egloff hält natürlich mit. Zum Schüfeli bestellt Winterberg zwei Bier, damit er »den Beaujolais nicht trocken herunterwürgen muß«. Egloff schließt sich an.

Das Weihnachtsessen bei seinem zukünftigen Arbeitgeber wird einer dieser seltenen Anlässe, bei denen der Druck des vergangenen Jahres selbst von den höchsten Entscheidungsträgern fällt. Und Egloff genießt das Privileg, es aus nächster Nähe zu erleben. Noch vor dem Dessert singt Winterberg mit ihm »Es ist ein Ros' entsprungen«. Als Pfisterer, der Delegierte, die Weihnachtsansprache hält, wird er von Winterberg und Egloff durch Zwischenrufe angefeuert. Und als das Dreimannorchester zu spielen beginnt, eröffnen Winterberg und Egloff den Tanz.

Die tadelnden Blicke auch seitens der höheren Kader ignoriert Egloff. Aus ihnen spricht nur der Neid, daß er so rasch den Draht zu Winterberg gefunden hat.

In den ersten Morgenstunden bei der letzten Flasche Bier auf der Treppe vor der ›Rebe‹ sagt Winterberg mit schwerer Zunge: »Wenn du irgend etwas brauchst, Schatz, komm einfach zu mir: Hinterberg, Materialverwaltung.«

Nyffelers Wiedergeburt

Die Idee stammte ursprünglich von Kathrin. »Laß uns mal was anderes machen über die Feiertage«, hatte sie letzten Herbst gesagt und, als Nyffeler nichts Grundsätzliches dagegen einzuwenden hatte, ihn behutsam an den Wellnessgedanken herangeführt.

Zuerst hatte er gedacht, sie wolle einfach ans Meer und nicht wie jedes Jahr zur üblichen Festtagsroutine ins Engadin. Aber dann stellte sich heraus, daß sie fand, sie sollten sich »einmal für zwei Wochen rundum verwöhnen lassen«. Er war im Vollstress gewesen und ließ Kathrin freie Hand.

Im November erfuhr er, daß sie in einem Kurhotel gebucht hatten. »Thermen, Massagen, Aromakuren, Workout.« Diät erwähnte sie nicht.

Erst als sie zwei Tage vor Weihnachten ihr Zimmer beziehen und Nyffeler einen Welcome Drink in der Bar vorschlägt, sagt Kathrin: »Welcome Drinks kommen in deinem Diätplan nicht vor.«

Diät ist kein neuer Begriff in ihrer langjährigen Beziehung. Nyffeler hatte mit drei Kilo Übergewicht im Hafen der Ehe angelegt und daraus im Laufe der letzten einundzwanzig Jahre knapp dreißig gemacht. Daß die wegmüssen, ist eine Pendenz. Aber eine mittelfristige.

Er setzt den Welcome Drink durch, allerdings um den

Preis des Versprechens, es ab morgen mit der Diät zu versuchen.

Kurz nach dem Frühstück – ein Apfel, eine Orange und soviel Pfefferminztee, wie er Lust hat – ist er bereit, das Handtuch zu werfen. Und hätte es auch getan, wenn er nicht mitten in einer irisch-römischen Bürstenmassage gewesen wäre – ganz ohne Handtuch. Den Rest des Vormittags verbringt er unter dem kritischen Blick einer gutaussehenden Trainerin an verschiedenen anstrengenden Geräten. Das Mittagessen – Gemüsesalat mit Magerquarksauce und zwei Scheiben Sesamknäckebrot – genießt er unter Kathrins Aufsicht. Die anschließenden zwei Stunden Schönheitsschlaf ebenfalls. Sie weckt ihn gerade rechtzeitig für die Atemtherapie. Als er später auf dem Weg zur Lymphdrainage am Hotelkiosk eine Partypackung Chips kaufen will, ist dieser geschlossen.

Aber nach dem Abendessen – Tofuburger und seine gemischten Sprossen – steht er nackt vor dem Badezimmerspiegel und stellt fest: Er wirkt gestrafft. Vielleicht nicht für den Außenstehenden, aber für den Eingeweihten eindeutig.

So motiviert quält er sich durch die entbehrungsreichsten Festtage seines Lebens. Er planscht im Thermalbad, kneippt, dampfbadet, sprudelbadet, wird gepeelt, unterwassermassiert, schlammgebadet und verbringt vormittags und nachmittags je eine Stunde im Kraftraum. Er schlemmt an Weihnachten eine Forelle blau und stößt aufs neue Jahr mit Sauerkrautsaft an.

Aber es lohnt sich. Wieder zu Hause, fühlt er sich wie neugeboren. Die Waage zeigt fünf Kilo dreihundert weniger an. Sichtbare, wie er am ersten Arbeitstag den verstohlenen Blicken von Altmann und Casutt entnimmt, die ihm im Lift begegnen.

»Das neue Jahr beginnt, wie das alte aufgehört hat«, bemerkt Altmann zu Casutt, als sie im Vierten ausgestiegen sind, »mit Nyffelers gleicher feister Visage.«

Korrektur eines Schönheitsfehlers

Abegg ist ein Ästhet. Nicht nur, was seine Bilanzen angeht. Obwohl deren Betrachtung auch in diesem Jahr wieder ein reines ästhetisches Vergnügen darstellt. Quelle balance! Not to mention the abstract beauty of the numbers! Abegg ist aber auch Ästhet, was die andern Dinge des Lebens angeht, die geistigen, die kulturellen, das Savoir-vivre. Kann er sich auch leisten, bei der Schönheit seiner Zahlen.

Abeggs sind Theatergänger, Operngänger, Vernissagengänger, Konzertgänger. Und nicht nur Gänger, auch Kenner, sofern es Abeggs Belastung durch die Herstellung ästhetisch höchsten Ansprüchen genügender Bilanzen gestattet.

Abeggs umgeben sich auch sonst mit schönen Dingen: Liegenschaften, Interieurs, Kunst, Automobilen, Panoramen, People.

Diese Ausrichtung des Lebens auf das Ästhetische ist allerdings mit einem kleinen Schönheitsfehler behaftet: dem etwas profanen Ursprung der makellosen Zahlen. Abegg handelt mit Wurstwaren, uperisierter Milch, Aufbackbrötchen, Gefrierpizzas, Waschpulver, Toilettenpapier, Dosenravioli, kurz: Abegg verkauft Artikel des täglichen Bedarfs aus dem Food- und Non-food-Bereich. Das heißt, nicht er persönlich, sondern die Firma, die er leitet und zum guten Teil auch besitzt.

An sich nichts Ehrenrühriges. Die Versorgung mit Grundnahrungsmitteln und Konsumgütern deckt ein weitverbreitetes Bedürfnis, wenn auch nicht gerade ein geistiges. Und genau das ist der erwähnte klitzekleine Schönheitsfehler. Denn die Deckung weitverbreiteter Bedürfnisse ist zwar gesellschaftlich akzeptiert, aber nicht sehr hoch angesehen. In den für Abeggs gesellschaftlich relevanten Kreisen spricht man nicht über Fleischkäse und WC-Enten, Sparpackungen und PET-Flaschendepots. Kurt und Martha Abegg haben sogar das Gefühl, daß man hinter ihrem Rücken die Nase über sie rümpft. In letzter Zeit immer öfter.

Im Gegensatz zu Domeni. Mit dem spricht man in diesen Kreisen sogar über das Sortiment. Der beliefert ihre Events. Dabei ist er in der gleichen Branche: Detailhandel, nur etwas gehobener. Domeni besitzt eine Comestibles-Kette (wenn man ein paar Feinkostgeschäfte in besten Lagen überhaupt als Kette bezeichnen will). Er handelt mit ausgesuchten kulinarischen Spitzenprodukten, produziert aber damit Zahlen, bei denen es Abegg übel wird. Und dennoch ist Domeni voll integriert. Per du mit Leuten, die Abeggs nur von weitem zuwinken. An Tische plaziert, auf denen noch nie ein Abegg-Tischkärtchen gestanden hat.

Das geht nun schon seit Jahren so. Je erfolgreicher Abegg mit dem Nötigen handelt, desto mehr hat er das Gefühl, er werde geschnitten. Aber je ruinöser Domeni mit dem Gehobenen geschäftet, desto näher nimmt ihn die Society an die Brust.

Aber damit ist jetzt Schluß. Domeni ist endlich die Luft ausgegangen. Er wird an Abegg verkaufen. Man wird künftig mit Abeggs auch gesellschaftlich rechnen müssen.

Die Definition der Synergien

Papi, was ist eine Fusion?« Luca hat seine Cremeschnitte aufgegessen und zerkaut den Trinkhalm seiner leeren Fanta. Raufler liest den Wirtschaftsteil.

»Ja«, antwortet er.

Luca ist solche Antworten von seinem Vater gewohnt. Es kommt vor, daß er auf sie spekuliert, wenn er das Night Movie schauen oder einen Schluck aus dem Weinglas probieren oder einen Zug aus der Zigarre nehmen oder sonst etwas für Zehnjährige Illegales unternehmen will. Aber heute möchte er eine richtige Antwort, denn er langweilt sich zu Tode. Sie sind in den Skiferien in einem schneefreien Winterkurort. Und weil seine Mutter sie trotzdem zwei Stunden aus dem Weg haben will, muß er mit seinem Vater auf einen dieser öden Spaziergänge von der Ferienwohnung über den Bahnhofskiosk zum Tea Room ›Montana‹ und zurück.

»Was bedeutet es?«

»Was?«

»Fusion.«

Raufler blickt über den Zeitungsrand auf seinen Sohn hinunter. Halb irritiert, daß er's nicht weiß, halb erfreut, daß er's wissen will.

Er legt die Zeitung neben die Kaffeetasse. »Eine Fusion ist, wenn zwei Firmen zu einer einzigen verschmelzen.«

»Sie verschmelzen?« fragt Luca mit einem Blick auf die braungrüne, triefende Winterlandschaft vor dem Blumenfenster des ›Montana‹.

Raufler präzisiert: »Sie wachsen zusammen.«

»Warum?«

»Wegen der Synergien.« Raufler erwartet nicht, daß Luca der Begriff geläufig ist, und erläutert ihn unaufgefordert. »Das ist, wenn mehrere Kräfte so zusammenwirken, daß sie mehr erreichen als jede für sich zusammengezählt.«

Ein Pferdeschlitten, dessen Kufen man durch Räder ersetzt hat, bimmelt draußen vorbei. Die Passagiere sitzen unter Regenschirmen.

»Das ist, wenn ein Pferd allein einen Schlitten von einer Tonne Gewicht ziehen kann, aber zwei Pferde zusammen einen von drei Tonnen.« Raufler ist ziemlich stolz auf den Vergleich.

Aber Luca hilft er nicht gegen die Langeweile. »Darf ich ein Bier?« fragt er, um etwas Action ins Gespräch zu bringen.

Raufler überhört die Frage und bleibt beim Thema Synergie.

»Eine Firma produziert Cremeschnitten und eine andere Cornets. Jede braucht eine Teigmaschine, eine Crememaschine, einen Kühlraum, einen Lieferwagen und so weiter. Wenn sie aber fusionieren, können sie die Cremeschnitten und Cornets für weniger Geld produzieren und mehr Geld verdienen, weil sie eine Teigmaschine, eine Crememaschine, einen Kühlraum, einen Lieferwagen und die Leute, die sie bedienen, einsparen. Das nennt man dann Synergien.«

Luca überlegt lange. Plötzlich verfinstert sich sein Gesicht: »Und wenn sie bei dir im Geschäft eine Fusion machen?«

»Was dann?«

»Hoffentlich wirst du dann keine Synergie.«

Widmann, Workaholic

Auf Widmanns Ebene sind alle Workaholics: Tauber, Eicher, Schmutz, sogar Baumler auf seine Art. Obwohl dieser lange Trockenperioden hat, in denen sein Parkplatz wochenendelang leersteht. Aber danach packt es ihn um so heftiger. Ein Quartalsworkaholic.

Widmann selbst ist eher ein Gesellschaftsworkaholic. Er tut es einfach, weil es gesellschaftlich erwartet wird. Wenn er ehrlich ist, mag er es nicht, das Arbeiten. Er muß sich richtig überwinden. Er könnte ohne Probleme ganz ohne auskommen. Er könnte monatelang keinen Finger rühren, ohne auch nur die Spur einer Entzugserscheinung. Er könnte die Wochenenden unrasiert im Trainingsanzug durchbrunchen, mit kurzen Erholungsphasen auf dem Liegestuhl, dem Sofa oder dem Bett, je nach Wetter und Tageszeit.

Statt dessen muß er im gemäßigten Freizeitlook mit Exposés in der Hand durch die leeren Gänge tigern und darauf achten, daß er dabei von Tauber, Eicher, Schmutz oder Baumler gesehen wird.

Wenn es nach ihm ginge, würde er Punkt siebzehn Uhr nullnull den Griffel fallen lassen und auf einen Drink oder zwei in die ›Big Ben‹-Bar gehen oder auf die ›Lago‹-Terrasse, je nach Jahreszeit und Witterung. Aber der gesellschaftliche Zwang, bis neunzehn Uhr Dinge zu erledigen, die ohne weiteres bis morgen warten könnten, und dann zu Hause anzurufen, daß es – guess what? – wieder einmal später werde, ist stärker. So sitzt er Abend für Abend am Schreibtisch, erledigt längst Erledigtes und beteiligt sich am Lichterwettbewerb der oberen Kader: Wessen Licht geht zuletzt aus?

Widmann würde auch sein Ferienguthaben voll ausschöpfen. Er wäre ein Naturtalent im Brückenschlagen zwischen Wochenenden und offiziellen Feiertagen. Er würde aus seinen fünf Wochen mit ein paar Kniffen über sechs machen, in günstigen Kalenderjahren sogar über sieben. Aber nein, er stößt in den Ferien später dazu und reist früher ab. Er verbringt die Siestas vor dem Laptop und ist rund um die Uhr auf dem Handy erreichbar. Er legt sich einen Vorrat an nicht bezogenen Ferienwochen an, als Konversationsthema für Tauber, Eicher, Schmutz oder Baumler.

Am Kaffeeautomaten begegnen sie sich manchmal bei einem kurzen Boxenstopp. Während der bittere Espresso ins Styropor fließt, bleibt Zeit zum Austausch einiger Stoßseufzer über den momentanen Stand der Überlastung.

Wenn nämlich einer auf Widmanns Ebene kein Workaholic ist, gerät er leicht in den Verdacht, nicht überlastet zu sein. Überlastung ist jedoch das untrüglichste Anzeichen für Unersetzlichkeit. Jemand, der nicht überlastet ist, macht einen Job, den auch andere erledigen können.

So bleibt Widmann nichts anderes übrig, als mitzuhalten. Sechzig, siebzig, sogar achtzig Wochenstunden hinzulegen und so oft wie möglich im Kreis von Mitbetroffenen darüber zu reden. »Mein Name ist Widmann, ich bin Workaholiker.«

Ein hohes Anforderungsprofil

Seien wir ehrlich: Richtig zum Arbeiten kommt ein Entscheidungsträger wie Baumeler erst, wenn der Letzte gegangen ist. Wenn die Gänge still sind, die Bildschirme schwarz und im Vorzimmer von Frau Dorfmann nur noch das Parfum übriggeblieben ist. Dann schenkt sich Baumeler einen Fingerbreit Jack Daniel's ein, setzt sich ins Besuchersofa und nimmt sich die großen Fragen vor. Heute die Nachfolgeregelung von Deubler, der Number Three.

Deubler wird auf den frühstmöglichen Termin freigestellt, das heißt, sobald die Nachfolge geregelt ist. Terminlich bleibt Baumeler zwar noch etwas Spielraum, denn Deubler weiß von seiner Freistellung noch nichts. Aber Baumeler ist ein Freund rascher Entscheidungen. Auf morgen hat er seinen Personalberater aufgeboten, und den will er mit einem fertigen Anforderungsprofil empfangen. Von Beratern läßt er sich nicht gern das Gesetz des Handelns aufzwingen.

Die Anforderungen an die neue Number Three sind hoch. Sonst hätte sie Deubler ja erfüllt. Deubler ist zwar keine Pfeife, sonst hätte er ihn vor zwei Jahren nicht eingestellt. Es hat sich nur erwiesen, daß er nicht das Entwicklungspotential besitzt, sich den täglich steigenden Anforderungen anzupassen. Das kann selbst einem erfahrenen Rekrutierer wie Baumeler passieren, daß er nicht merkt, daß der Kandidat sich zum Zeitpunkt des Vorstellungsgesprächs exakt auf dem Zenit seiner Möglichkeiten befindet. Deubler konnte mit der wachsenden Komplexität der Aufgabe schlicht nicht Schritt halten.

Zugegeben: Deubler ist auf hohem Niveau gescheitert. Die Number Three in einem Laden, in dem die Number One Baumeler heißt, stellt die allerhöchsten Anforderungen an strategisches und vernetztes Denken, Entscheidungsfreudigkeit, Urteilskraft, Flexibilität, Belastbarkeit, Teamfähigkeit. Ganz abgesehen von den fachlichen Qualifikationen. Der Mann, der die Lücke, die Deubler seit zwei Jahren darstellt, zu füllen hat, muß das Zeug zur Number One haben. Ohne die Aussicht, sie in absehbarer Zeit zu werden, Baumeler ist erst achtundfünfzig.

Er schenkt sich half inch of Jack Daniel's nach, schraubt den Verschluß seines Montblanc ab und beginnt Anforderungen zu notieren. »Überdurchschnittliche Intelligenz«, schreibt er auf. Und »Motivationsfähigkeit«. Und »Krisenfestigkeit«. Und »Branchenkenntnis«. Auch weniger meßbare Eigenschaften soll der Kandidat aufweisen. Zum Beispiel »Geschmack«, »Stil«, »gutes Aussehen« und »Charisma«.

Je länger die Liste wird, desto unwahrscheinlicher scheint es Baumeler, daß er die Stelle durch einen externen Bewerber wird ersetzen können. Nur intern sieht er einen Kandidaten, der alle Anforderungen erfüllen würde. Mehr als erfüllen. So viel mehr, daß er problemlos den Job der Number Three interimistisch übernehmen könnte: die Number Two.

Um so mehr, als der Job der Number Two vor einem Jahr interimistisch von der Number One übernommen worden war.

Häusermann und die Ordnung

Auf Häusermanns Schreibtisch befindet sich: 1 Keyboard, 1 Flat Screen, beide via Kabelkanal verkabelt; 1 Maus, kabellos; 1 Telefon. Wenn er zugegen ist, wird das Stilleben ergänzt durch 1 Filzstift, 1 Block A4, 1 Agenda plus 1 – 2 aktuelle Arbeitsunterlagen. Sonst nichts.

Sein Mobiliar besteht neben dem Schreibtisch aus 1 Bürosessel, 3fach verstellbar; 1 Besucherstuhl, fix; 1 Schrankwand, weiß; 1 Aktenschrank, halbhoch; 2 Drucke, Miró; 1 Pflanze, Ficus.

Und so wie sein Büro sieht auch Häusermann selbst aus. Anzug: uni blau, uni grau, uni schwarz. Hemd: weiß. Krawatte: geometrisch. Socken: je nach Anzug. Schuhe: je nach Socken. Ehering: Gold. Uhr: Chronometer. Haare: kurz, sofern vorhanden. Und wie das Büro und der Mann, so auch seine Sprache. Häusermann äußert sich in kurzen, klaren Sätzen. Seine Voten sind strukturiert. Er analysiert, repetiert und resümiert. Seine ganze Erscheinung vermittelt Effizienz, Organisation und Übersicht.

Niemand ahnt, was im verschlossenen Korpus seines Schreibtischs liegt. Nämlich 1 Mars, angebissen; 12 Papiertaschentücher, benutzt; 17 Spesenbelege, 1999; 12 Spesenbelege 2000; 37 Spesenbelege 2001–2002; 1 Paar Tennissokken, getragen; 1 »Wall Street Journal«, 12. Mai 1998;

1 Entwurf Weihnachtsansprache 2001, 1. Fassung; 37 Zeitrapportformulare, teilweise ausgefüllt; 1 Reisekatalog, Badeferien Sommer 97; 3 Filzstifte schwarz, ohne Verschluß; 1 Stück Pizza, ohne Sardellen; 1 Organigramm 2000, Entwurf A; 1 Organigramm 2000, Entwurf C; 1 Abzeichen, 1. August; 1 Gutschein für eine Gratisvergrößerung, gültig bis 31.12.99; 1 Bewerbungsunterlage Jacqueline Saurer, vom 17.4.2001; 1 Herrenunterhose, Jockey; 1 Bilanz 1998, provisorischer Ausdruck; 1 Gault Millau, 1996; ein Mäppchen, dringende Pendenzen, Juli 2001; ein Mäppchen, diverse Pendenzen; ein Mäppchen, Pendenzen; 1/2 Packung Fisherman's Friend; 1 Buch, »Mindmapping«. Um nur einmal auf die oberste Schublade einzugehen.

Häusermanns Ordnung ist keine Ordnung, sondern die verzweifelte Beschwörung der Unordnung, die ihn beherrscht. Je gründlicher er den Überblick verliert, desto pingeliger räumt er die Oberfläche auf, unter der das Chaos wütet. Je hoffnungsloser ihn eine Aufgabe überfordert, desto zupackender gibt er vor, sie anzugehen. Je anarchischer es in seinem Kopf aussieht, desto akkurater frisiert er ihn.

Wenn Häusermann sagt: »Okay, fassen wir zusammen: Rechsteiner und Ladner lösen die Bromanil-Sache bilateral, das Kadermeeting ist auf Montag, nullachtnullfünf, verschoben, und Fassung 2 der Projektpräsentation Alpha ist gebongt«, dann denkt es in ihm: Ist das ein Pickel oder ein Mückenstich, was Rechsteiner an der Nase hat? Achtzehn Uhr fünfzehn Apéro mit Wettler im ›Royal‹. Oder im ›Sternen‹? Oder um neunzehn Uhr fünfzehn? Ölwechsel, der ist bestimmt bald fällig.

Eher ein Pickel.

Goldener und der Konjunktiv

Wenn es Goldener nicht so eilig gehabt hätte, wäre das alles nicht passiert. Dann wäre er nämlich zu Fuß zum Meeting mit Ryf. Zwanzig Minuten Walking hätten seinem Kreislauf nichts geschadet. Die Sonne scheint, und es riecht nach Frühling. Aber er kommt wieder einmal nicht weg (nichts geht ohne ihn), und als er endlich im Lift steht, ist es zu spät für die Fußgängeroption. Er hätte es zwar noch geschafft, aber er will in Gegenwart von Ryf keinen Schweißausbruch riskieren.

Wenn es nicht Ryf gewesen wäre, hätte er auch zehn Minuten zu spät kommen können. In Goldeners Position kann man sich das leisten. Aber bei Ryf hätte es ihn von Anfang an in die Defensive gedrängt. Und den Vorteil, sich auf neutralem Terrain – ein Sitzungszimmer im ›Holiday Inn‹ – zu treffen, zunichte gemacht.

Goldener fährt also statt ins E ins U2 und nimmt den Wagen.

Wenn er nicht die Angewohnheit hätte, auch für kurze Fahrten das Jackett einmal gefaltet in den Kofferraum zu legen, wäre die Sache anders ausgegangen.

Wenn sein Magen und die Schachtel Menthol Drops im Handschuhfach nicht leer gewesen wären, hätte er sich den Zwischenstopp beim Kiosk erspart.

Wenn nicht zwanzig Meter vor dem Kiosk gerade ein Parkplatz frei geworden wäre, hätte er vielleicht ein wenig Mundgeruch in Burkhalters Gegenwart riskiert.

Wenn er nicht so fahrig gewesen wäre, wäre ihm der Autoschlüssel nicht aus der Hand geglitten.

Wenn am Straßenrand kein Gully gewesen wäre, wäre der Schlüssel nicht in den Rost gefallen.

Und wenn der BMW nicht zentralverriegelt gewesen wäre, hätte er den Reserveschlüssel im Handschuhfach benutzt.

Jetzt steht er da und prüft seine Optionen. Zu Fuß? Schafft er nicht mehr. Per Handy ein Taxi rufen? Das Handy liegt im Wagen. Zu spät zum Meeting kommen? Diesen Triumph wird er Ryf nicht gönnen.

Vielleicht ist der Gully nicht tief, und sein Schlüssel liegt in Reichweite.

Es gelingt ihm, den gußeisernen Rost beiseite zu schieben. Und tatsächlich: Auf einem schmalen Absatz blitzt ihm sein Schlüssel entgegen. Wenn er sich auf den Boden legte, würde er ihn mit den Fingerspitzen zu fassen kriegen. Er zieht Hemd und Krawatte aus und deponiert beides gefaltet auf das Wagendach, das er vorher mit dem Taschentuch sauberwischt. Die Blöße, mit schmutzigem Hemd bei Ryf zu erscheinen, wird er sich nicht geben. Er legt sich im T-Shirt an den Gullyrand und streckt die Hand nach dem Schlüssel aus.

Wenn seine Finger einen Zentimeter länger gewesen wären, hätte er den Schlüssel festhalten können, bevor er in die Kanalisation fiel.

Und wenn der Ausweis nicht im Jackett gesteckt hätte, hätte die Polizeistreife dem Mann geglaubt, der in einem schmutzigen T-Shirt mit einem gußeisernen Gullyrost die Beifahrerscheibe eines nagelneuen BMW einzuschlagen versuchte.

Remmlers meditative Seite

Remmler meditiert.«

»Manchmal sieht es ganz danach aus. Dieses geistesabwesende Glotzen.«

»Nein, ich meine nicht, wenn er einfach so dasitzt und verdaut. Ich meine richtig. Er betreibt Meditation.«

»Remmler?«

»Da staunst du.«

»Woher hast du das?«

»Von Gerda.«

»Und sie?«

»Vom Telefonbeantworter.«

»?«

»Sie wollte seine Frau anrufen, und der Telefonbeantworter sagte, sie seien gerade am Meditieren.«

»Danke für Ihren Anruf, wir sind gerade am Meditieren?«

»Ruedi und Alice Remmler sind am Meditieren und rufen Sie später zurück.«

»Du nimmst mich auf den Arm.«

»Ich schwör's.«

»Seine Stimme?«

»Ihre.«

»Mit Meditationsmusik im Hintergrund?«

»Das nicht, aber mit irgendwie beseelter Betonung, sagt Gerda.«

»Kannst du dir Remmler im Lotussitz vorstellen?«

»Beim Ethikseminar saß er auf einem Medizinball.«

»Eben.«

»Man kann auch in anderen Positionen meditieren.«

»Im Kopfstand, zum Beispiel.«

»Oder liegend. Remmler sehe ich eher liegend.«

»Du meinst, Remmlers liegen in losen Gewändern auf dem Spannteppich des abgedunkelten Elternschlafzimmers, und im Hintergrund läuft Vollenweider?«

»Oder tibetanische Klangschale.«

»Ich kotz gleich.«

»Und auf dem Nachttischchen brennt ein Räucherstäbchen.«

»Hör auf! Ich will mir das nicht vorstellen.«

»Aber er will, daß wir uns das vorstellen, sonst würde er doch einfach das Telefon ausstecken.«

»Vielleicht weiß er nichts von ihrem Text auf dem Beantworter.«

»Das glaubst du doch selber nicht.«

»Nein.«

»Er will, daß die Welt weiß, daß er meditiert.«

»Er will, daß wir denken, er sei durchgeistigt.«

»Remmler, dieses Pfund Schnitz!«

»Er will uns als materialistische Säcke hinstellen.«

»Ausgerechnet Remmler! Privatessen auf Spesen, aber meditieren.«

»Falls er überhaupt meditiert.«

»He! Natürlich! Das ist es! Der meditiert gar nicht!«

»Der will einfach das Gerücht streuen, er meditiere.«

»So wie er das Gerücht streuen will, er arbeite.«

»Schatz, stell den Beantworter auf Meditation, heute gibt's Schlachtplatte im ›Leuen‹.«

Holligers Fauxpas (1)

Das ist uns allen schon mal passiert: Wir treffen überraschend jemand Wichtigen und verlieren kurz die Fassung. Wir verhaspeln uns, suchen den Faden, geraten ins Stottern oder bringen keine Silbe heraus.

Etwas Ähnliches unterlief Holliger mit Mahrer: Er wartete am Ende eines Vortrags über die Renaissance des Managements by Objectives an der Garderobe eines Kongreßhotels. Vor ihm nahm ein angegrauter stattlicher Herr den Mantel entgegen und suchte nach einer Münze für die Garderobiere. Mehr aus Eile als aus Zuvorkommenheit hielt Holliger ihm einen Zweifränkler hin. Der Herr blickte erstaunt zurück und – war Mahrer.

Mahrer! Zweimal Manager des Jahres, CEO und Präsident eines der letzten wirklichen Bluechips des Landes, graue Eminenz des Wirtschaftsestablishments. Und ihm steckte Holliger einen Zweifränkler hin, wie einem Bellboy. Und er nahm ihn! Steckte ihn der Garderobiere zu, legte sich Mantel und Schal über den Arm, bedankte sich und ging.

Holliger ließ sich seinen Mantel aushändigen, merkte, daß er sein letztes Kleingeld geopfert hatte, gab der verdutzten Garderobiere eine Zehnernote und hoffte, Mahrer noch zu erreichen.

Das gelang ihm auch. Mahrer stand im Vorraum, knüpfte sich gerade den Mantel zu und schien auf Holliger gewartet zu haben. Jedenfalls reichte er ihm die Hand und stellte sich vor: »Mahrer.« Als ob er nicht jeden zweiten Tag aus einer von Holligers Zeitungen blickte.

Holliger stellte sich ebenfalls vor, und sie unterhielten sich kurz über Managements by Objectives im allgemeinen und den Vortrag im speziellen. Holliger war nicht ganz bei der Sache, weil er immer mit einem Auge kontrollieren mußte, ob ihn jemand, den er kannte, bei der Unterhaltung mit Mahrer sah. Und tatsächlich, wer stöckelte vorbei? Die rechte Hand von Frankenberg, Frau Reuter.

Wenn es irgendeinen Menschen gab, von dem er noch lieber bei einer zwanglosen Unterhaltung mit Mahrer gesehen werden wollte als Frankenberg, dann war es Frau Reuter. Sie hatte das bessere Auge für die Feinheiten der Szene: die beiläufige Art, wie Holliger beim Sprechen seinen Mantel zuknöpfte, als unterhielte er sich täglich mit Wirtschaftsgrößen. Das Lächeln, das ihm Mahrer schenkte, als hätte Holliger gerade einen guten Witz gemacht. Frankenberg hätte sich blind gestellt. Nie hätte er Holliger die Genugtuung gegönnt, von ihm dabei beobachtet zu werden, wie er mit Mahrer plauschte. Frankenberg hätte weggeschaut und die Details übersehen.

Aber nicht Frau Reuter. Sie würde sie sich einprägen und ihrem Chef einzeln verabreichen.

Sie schaute zu ihnen herüber, stutzte kurz, lächelte und nickte. Und in Gedanken an Frau Reuter passierte es ihm: Mahrer sagte: »Also, auf Wiedersehen, Herr Holliger, und nochmals vielen Dank.« Und Holliger antwortete: »Nicht der Rede wert, Frau Mahrer.«

Holligers Fauxpas (II)

Nicht der Rede wert, *Frau Mahrer.*« Und das der bestimmt hundert Kilo schweren, einsfünfundachtzig großen, dreiundsechzigjährigen grauen Eminenz des nationalen Wirtschaftsestablishments! Frau Mahrer!

Da nahm durch eine glückliche Fügung des Schicksals der zweimalige Manager des Jahres, CEO und Präsident eines der letzten wirklichen Bluechips des Landes Kenntnis von der Existenz eines Stefan Holliger – merkte sich sogar für ein paar Minuten dessen Nachnamen! –, und er nannte ihn Frau Mahrer! Nur weil im Moment der Verabschiedung gerade Frau Reuter, die rechte Hand seines großen Neiders Frankenberg, vorbeistöckelte. »Nicht der Rede wert, Frau Mahrer!«

Mahrer tat, als hätte er es überhört. Lächelte ihm nochmals freundlich zu und strebte dem Ausgang entgegen, wo ihn wahrscheinlich sein livrierter Fahrer erwartete. Holliger blieb wie gelähmt zurück. Die Lähmung bewahrte ihn wenigstens vor dem Fehler, sich zu korrigieren. »Ähm, will natürlich sagen, Herr. Nicht der Rede wert, Herr Mahrer, nicht Frau. Herr.«

Holligers erster Reflex war der aller Menschen nach großen Katastrophen: Er hoffte, daß es nicht geschehen war. Vielleicht kam es ihm nur so vor, als hätte er »Frau« gesagt.

Oder er hatte sich die Begegnung mit Mahrer nur eingebildet. Sobald Holliger wieder in der Lage war zu gehen, begab er sich zum Ausgang. Dort sah er gerade noch die Rücklichter einer Limousine aus dem Halteverbot verschwinden und wußte: Das war keine Einbildung. Er hatte Mahrer mit einem Trinkgeld für die Garderobiere ausgeholfen und ihn dann »Frau Mahrer« genannt.

In den folgenden Wochen und Monaten beruhigte sich Holliger. Vielleicht hatte Mahrer gar nicht nur so getan, als hätte er es überhört. Holliger hatte das »Frau« ja nicht betont. Er hatte es gehaspelt. Es kam ihm so nachlässig über die Lippen, es hätte auch ein »Herr« sein können. Ein Hr… Im belebten Foyer eines Kongresshotels ist ein Hr… von einem Fr… akustisch kaum zu unterscheiden. Vor allem nicht von einem doch schon fast im Rentenalter stehenden Herrn, der seines Wissens Offizier der Artillerie gewesen war. Die haben ja alle leichte Hörschäden.

Und selbst wenn er geglaubt hätte, »Frau« verstanden zu haben, würde er angesichts der Absurdität der Vorstellung, daß ihn ein Unbekannter vor der Garderobe eines Kongreßhotels »Frau Mahrer« nennt, auf einen Hörfehler schließen.

Heute, zwei Jahre später, begegnet er Mahrer wieder im gleichen Kongreßhotel, diesmal auf dem Pissoir. Beim Händewaschen faßt sich Holliger ein Herz und sagt: »Vielleicht erinnern Sie sich an mich, ich bin der, der Ihnen damals an der Garderobe mit einem Zweifränkler ausgeholfen hat. Stefan Holliger.«

Mahrer trocknet sich die Hände und mustert Holliger. »Aber natürlich«, ruft er dann erfreut aus, »Fräulein Holliger!«

Höhere Gewalt (1): Es läuft nicht schlecht

Es läuft nicht schlecht für Burkhalter. Er ist jetzt zweiunddreißig und im Top Middle Management. Auf dem Sprung wenn nicht ins Top, so doch ins Lower bis Middle Top Management, um in Burkhalters Feinabstufung zu bleiben, die er zu seiner Motivation geschaffen hat: Lower Middle, Middle, Upper Middle und Top Middle.

Es gibt Tage, an denen er die Eichung seiner Karriereskala noch ein wenig verfeinert. Zum Beispiel wenn er am Morgen aus der Garage fährt und ihn im Frühstau ein Déjàvu beschleicht. Wenn es ihm vorkommt, als stehe er schon immer hier in dieser Kolonne aus Berufsverkehr vor dieser chronisch verstopften Kreuzung und lasse anderen notgedrungen den Vortritt. An solchen Tagen unterteilt er das Top Middle Management in Lower Top Middle, Middle Top Middle, Upper Top Middle und Top Top Middle. Nach dieser Skala hat er in seiner Karriere in den letzten zwei Jahren nicht stagniert, sondern hat, Herbst 2000, die Stufe vom Upper Top Middle zum Top Top Middle genommen.

Diese Feinstabstufungen erscheinen natürlich auf keinem Organigramm, sie sind eher spür- als sichtbar. Und auch das nicht materiell. Wir bewegen uns hier im psychologischen Bereich. Aber man weiß ja, welch wichtige, ach was, welch entscheidende Rolle die Psychologie in der Karriere spielt.

Eisener, um ein Burkhalter geläufiges Beispiel zu nehmen, Eisener kann sich unwidersprochen als Top Middle Management bezeichnen und sich mit Burkhalter auf eine Stufe stellen, auch wenn er strenggenommen knapp Lower Top Middle ist. Obwohl er das selbst nie zugeben würde. Selbst wenn man mit den Betroffenen über die Feinstabstimmungen sprechen könnte. Kann man natürlich unmöglich. Weder mit den Betroffenen noch mit dem erweiterten Umfeld.

Burkhalter kann mit überhaupt niemandem darüber sprechen, außer mit Madeleine, seiner Frau. Sie kann er mit einer Flasche Champagner überraschen und eine psychologische Feinstbeförderung feiern. Wie die vom Herbst 2000, als Ganter ihn in die Erweiterungsbau-Task-Force setzte. Das äußerte sich materiell in nichts als ein paar zusätzlichen Überstunden, aber es schuf noch ein bißchen mehr Distanz zu Eisener, den er bereits ein Jahr zuvor hinter sich zurückgelassen hatte, als Heilmann ihm beim Weihnachtsessen das Du anbot (es am nächsten Tag allerdings »aus rein strukturpsychologischen Gründen« wieder zurücknahm). Damals feierte er mit Madeleine die inoffizielle Beförderung vom Middle Top Middle zum Upper Top Middle.

Aber diesmal ist wieder eine offizielle fällig. Er wird den Bereich des Middle Managements hinter sich zurücklassen und in die Sphären des Top Managements eintreten. Wenn auch wahrscheinlich anfänglich erst ins Lower Top.

Es kann sich nur noch um Tage handeln, wenn er Ganters Signale richtig deutet.

Höhere Gewalt (II): Ganters Signale

Weshalb Burkhalter so sicher ist, daß seine Beförderung unmittelbar bevorsteht? Ganz einfach: Ganter protegiert ihn.

Oder wie soll man es nennen, wenn ein Mitglied des Top Managements einem Mitglied des Middle Managements die Lifttür aufhält, obwohl dieses sich noch schätzungsweise dreißig Schritte vom Lift entfernt befindet? Ganter hätte ohne eine Spur von Unhöflichkeit die Tür zugleiten lassen und in der Abgeschiedenheit des leeren 12-Personen-Lifts unbehelligt in die Top-Management-Etage entschweben können.

Aber nein: Der Mann weiß nicht nur, wo sich der Türöffnungsknopf befindet, er drückt sogar darauf! Und zwar so lange, bis Burkhalter eilig und doch würdig den Lift erreicht hat.

Das ist doch mehr als eine Geste. Das ist eine symbolische Handlung. Sie bedeutet: Burkhalter, Sie sind so gut wie einer von uns. Unsere Zeit ist gleich wertvoll. Was das Unternehmen dadurch gewinnt, daß ich nicht auf Sie warte, verliert es dadurch, daß Sie dann auf den Lift warten müßten.

Auch die Liftfahrt selbst ist symbolträchtig. Sie entbehrt der Mischung aus Verlegenheit und Jovialität, von denen unfreiwillige Liftfahrten gemischter Hierarchiestufen sonst geprägt sind. Ganter schweigt zwar, aber es ist ein vertrauliches Schweigen. Das Schweigen zwischen Gleichgestellten. Nicht das Schweigen zwischen Leuten, die sich nichts zu sagen haben. Das Schweigen zwischen Leuten, denen es nicht an anderen Gelegenheiten fehlt, miteinander zu sprechen.

Das deutlichste Signal ist der Etagenknopf. Es ist ein ungeschriebenes Gesetz, daß der ranghöchste Liftpassagier die Etagenknopfhoheit besitzt. Er drückt auf seine Etage, und es ist ihm überlassen, ob er seine Fahrt ins Zentrum des Geschehens durch einen Zwischenhalt unterbrechen will. Falls ja, erkundigt er sich nach dem Etagenziel des Mitfahrers. Und macht damit deutlich, daß er sein Erinnerungsvermögen nicht mit Arbeitsplatzdetails untergebener Kader belasten kann.

Es kommt auch vor, daß einer aus Ganters Liga Mitfahrer bis in seine Etage mitnimmt und diese dann in ihre Etage hinunterfahren müssen. Doch diese Fälle sind selten. Sie haben zwar den Reiz, daß sie den Betroffenen die Weiterfahrt zu ihrer Hierarchiestufe als Abstieg vor Augen führen. Aber der Nachteil, daß der Höhergestellte das Privileg des Aufstiegs in seine Etage mit Subalternen teilen muß, wiegt in der Regel schwerer.

Im Fall von Ganter verhält es sich jedoch ganz anders. Zwar hat er sich nicht nach Burkhalters Etage erkundigt, und es leuchtet als einziger Knopf die Siebzehn. Aber: Wenn Ganter aus Zeitersparnisgründen einen Zwischenhalt vermeiden wollte, hätte er dann im Parterre auf Burkhalter gewartet?

Logischerweise nicht. Ganter hat nicht auf die Vierzehn

gedrückt, weil Burkhalter für ihn innerlich in die Siebzehn gehört.

Dieses Signal schätzt Burkhalter noch höher ein als Heilmanns Du.

Höhere Gewalt (III): Heilmanns Du

Heilmannns Du fiel auf den 18. Dezember 1999, 0 Uhr 47, Burkhalter hatte auf die Uhr geschaut. Er besitzt die Angewohnheit, die Uhr auf der Innenseite des Handgelenks zu tragen, und konnte so in der Sekunde des Anstoßens die Zeit ablesen.

Der Anlaß war das traditionelle Weihnachtsessen, zu dem sich jeweils das gesamte Management in der Fischerklause trifft, Top und Middle. Burkhalter bewegte sich damals noch im unteren Spektrum des Lower Top Middle Management und hatte sich für diesen Anlaß viel vorgenommen. Es war ihm gelungen, einen Platz in Hörweite des Tisches von Heilmann und Ganter zu ergattern. Er verbrachte die Zeit bis zum Sorbet leicht zurückgelehnt in geistesabwesender Konversation mit Eisener und ließ sich kein Wort des Gesprächs am Nebentisch entgehen.

Auch Eiseners Aufmerksamkeit war mehr auf den Nachbartisch gerichtet als auf das wenige, das sie sich zu sagen hatten, aber es war Burkhalter, der reagierte, als Heilmann Ganter fragte: »Wie hieß der CEO, der die dpk in nur acht Monaten in die Verlustzone managte?«

Burkhalter ließ die beiden sich kurz den Kopf zermartern, dann drehte er sich um und sagte: »Kobler. Rudolf G. Kobler.«

»Richtig, Kobler«, bestätigten Heilmann und Ganter und führten ihr Gespräch fort. Etwas leiser, so daß Burkhalter Mühe hatte, der Fortsetzung zu folgen. Schon begann er sich damit abzufinden, daß seine Hilfe unbelohnt bleiben würde, da tippte ihm Ganter auf die Schulter und fragte: »Ein Ex-Arthur-Andersen-Mann, dieser Kobler, nicht wahr?«

»McKinsey«, korrigierte Burkhalter und erntete damit ein triumphierendes Schulterklopfen von Heilmann, der damit offenbar recht behalten hatte.

Damit war das Eis zwischen Burkhalter und Heilmann gebrochen. Bei einer Begegnung auf der Toilette nannte Heilmann ihn »das wandelnde Lexikon«, beim Kaffee prostete er ihm vom Nebentisch mit einem Schnapsglas zu und rief: »Mirabelle, müssen Sie probieren«, und als Ganter kurz nach Mitternacht ging und der Stuhl neben Heilmann frei wurde, lud er Burkhalter an seinen Tisch ein.

Und dort, beim allerletzten »for the road«, tranken sie Schmollis! »Köbi«, sagte Heilmann. – »Werni«, sagte Burkhalter.

Dieses »Köbi« feierte er mit Madeleine erst am Sonntag mit einer Flasche Veuve Clicquot, am Samstag war ihm noch zu schlecht für Alkohol.

Am Montag rief ihn Köbi zu sich und erklärte ihm in aller Freundschaft, weshalb es strukturpsychologisch inopportun wäre, wenn sie sich öffentlich duzten. Er schlug vor, das Du zurückzunehmen, bevor es ihnen allzu geläufig werde.

Burkhalter nahm den Vorschlag an in der Gewißheit, daß ein zurückgenommenes Du noch viel enger verbindet als ein praktiziertes. Und er sollte recht behalten: Heute, nur etwas über zwei Jahre nach dem zurückgenommenen Du und gut ein Jahr nach der Berufung in die Erweiterungsbau-Task-Force, läßt Ganter den Lift auf ihn warten. Wenn jetzt nichts mehr schiefgeht, ist Burkhalter in ein paar Wochen Lower bis Middle Top Management.

Und was sollte schon schiefgehen?

Höhere Gewalt (IV): Was schiefgeht

Es ist tatsächlich kein Zufall, daß Ganter für Burkhalter die Lifttür aufhält. Er will sich den Mann aus der Nähe ansehen. Sein Name ist in letzter Zeit ein paarmal gefallen. Auf höchster Ebene. Und im Zusammenhang mit der Neubesetzung in Skandinavien.

Heilmann hat ihn ins Spiel gebracht. Zuerst informell am Rande einer langfristigen Strategiesitzung. »Guter Mann, dieser Burkhalter«, hat er während der Kaffeepause im Vorraum des großen Sitzungszimmers bemerkt. Ganter hat das zuerst auf die Art, wie Burkhalter sich nützlich machte, bezogen und geantwortet:

»Ist ja auch nicht besonders schwierig, mit einem Körbchen Buttergipfeli die Runde zu machen.«

Aber aus der irritierten Reaktion von Heilmann hat er geschlossen, daß dieser die Bemerkung generell verstanden haben will.

Um nicht den Eindruck zu erwecken, daß er nicht auf Tuchfühlung mit dem oberen Kader sei, hat er seine Antwort als Scherz getarnt und danach ganz ernsthaft hinzugefügt: »Ganz meine Meinung, sehr vielversprechend, dieser Mann.«

Damit ist der Name Burkhalter in den aktiven Wortschatz von Ganter gerückt. Oder zumindest so greifbar in den passiven, daß er sofort weiß, um wen es sich handelt, wenn Heilmann ihn erwähnt.

Das ist, wie gesagt, im Zusammenhang mit der Neubesetzung in Skandinavien geschehen. Bertolds Abgang wird ein paar Rochaden auslösen, und für Skandinavien rückt in solchen Fällen traditionell einer aus dem oberen Kader nach. Es kommen dafür verschiedene Kandidaten in Frage, an Burkhalter hätte Ganter von sich aus nicht gedacht. Aber wenn Heilmann so viel daran liegt, ist ihm das recht, er hat dann bessere Aussichten, im Gegenzug Möller, dem er einen Gefallen schuldet, für England durchzubringen.

Um zu verhindern, daß der Eindruck entsteht, Burkhalter sei allein auf Heilmanns Mist gewachsen, ergreift Ganter zwei Maßnahmen:

Erstens sieht er sich den Mann – wenn auch nur aus den Augenwinkeln – im Lift näher an. Und zweitens läßt er sich die Personalakte Burkhalter kommen.

Dort stößt er auf die längst vergessene Tatsache, daß Burkhalter Mitglied der Erweiterungsbau-Task-Force ist, einer Arbeitsgruppe, die Ganter im Herbst 2000 – mehr aus Motivationsgründen als aus Notwendigkeit – zusammengestiefelt hat.

So gewappnet begibt er sich zum Office Lunch mit Heilmann, bei dem unter anderem die Neubesetzung Skandinavien beschlossen wird.

Burkhalter müssen die Ohren klingeln, als kurz nach dreizehn Uhr über den letzten Scheiben Parmaschinken sein Name fällt. »Was hältst du von Burkhalter für Skandinavien?« fragt Heilmann.

»Finde ich schon lange, habe ihn bereits im Herbst 2000

für die Erweiterungsbau-Task-Force eingesetzt«, entgegnet Ganter.

Damit ist das Thema Burkhalter abgehakt. Einen Ganter-Mann kann Heilmann in Skandinavien nicht gebrauchen.

Brühwilers Intimsphäre

Gustav Brühwiler liegt in der Badewanne. Er hat das Wasser großzügig mit Lavendelmilch versetzt, sie sei »entspannend und harmonisierend«, steht auf der Flasche. Kein Luxus für einen, der wie Brühwiler Tag und Nacht in den Sielen liegt, um ein angesehenes mittleres Unternehmen im tiefen Geläuf der Konjunkturflaute auf Trab zu halten.

Es ist Sonntag, die Kinder sind irgendwo, er hat es sich nicht gemerkt, seine Frau Sophie betreibt gerade eine ihrer ständig wechselnden Sportarten, eventuell Walking, jedenfalls kommt sie nicht vor Mittag zurück, soviel hat er behalten.

Er genießt die Schwerelosigkeit seines Körpers, ein Zustand, der normalerweise nicht seinem Körperbau entspricht. Durch die halb geschlossenen Augen sieht er die Umrisse seines weißen Leibs im milchigen Wasser verschwimmen.

Vielleicht ist es das Körperliche der Situation, das Brühwiler an Frau Dettling denken läßt, Frau Federmanns neue Assistentin. Sie hat von Anfang an sein Interesse geweckt. Vor allem das an der Tätowierung, die links und rechts ihres modisch freien Bauchnabels beginnt, im Bund verschwindet und – wie weiter verläuft? Vielleicht täuscht er sich, aber Frau Dettling hat ihm bei ihrer ersten gemeinsamen Liftfahrt den Eindruck vermittelt, als hätte sie nichts dagegen, die Frage gelegentlich zu erläutern, zumindest theoretisch.

Vielleicht sollte er gleich am Montag einen Vorstoß unternehmen, denkt er, öffnet mit dem großen Zeh den Wasserhahn und füllt heißes Wasser nach. Er könnte sie unter einem Vorwand ins Büro bestellen und zu einem Drink einladen und dann fragen, ob sie schon einmal in der eigenen Stadt im Hotel übernachtet habe.

Aus der Perspektive seiner Badewanne voll neununddreißig Grad heißem Lavendelmilchwasser scheint der Plan so machbar, daß Brühwiler sich bald auf die Details nach der erfolgreichen Durchführung konzentriert. Aber genau an der Stelle, wo Frau Dettling und er unauffällig auf den Hotellift zusteuern, wird er aus seinem Badewannentraum gerissen. Was, wenn sich ein Paparazzo an seine Fersen geheftet hat und ihn knipst, in der Linken den Zimmerschlüssel, in der Rechten Frau Dettlings bauchfreie Taille?

Brühwiler angelt sich die Dusche und spült sich das Shampoo vom schütteren Haar. Er ist immerhin Direktor eines mittleren Industriebetriebs und nicht unwichtigen Arbeitgebers der Region. Und damit auch irgendwie eine öffentliche Person. Fällt seine fiktive Erforschung von Frau Dettlings Tattoo noch in den Bereich der Privatsphäre? Und falls ja, hat er sich die Respektierung derselben durch die Medien nicht vielleicht schon durch den geplanten öffentlichen Auftritt verscherzt?

Brühwiler stemmt sich aus der Badewanne und trocknet sich ab. Soll er auf den Drink mit Frau Dettling verzichten?

Oder doch lieber sein Foto aus dem Presseversand an die »Technische Rundschau« entfernen lassen.

Ambergs Schlafmanko

Amberg leidet unter genügend Schlaf. So gegen elf fallen ihm die Augen zu, und vor sieben ist er nicht wach zu kriegen. Nie schreckt er morgens um vier mit einer Pendenzenliste im Kopf auf und kann nicht mehr einschlafen. Nie reißt ihn ein böser Traum aus dem Schlaf, geschweige denn ein guter. Amberg kann sich nicht erinnern, jemals nachts die Toilette aufgesucht zu haben. Obwohl das, laut seiner Frau, ab und zu vorkommen soll.

Einem Manager, der acht bis neun Stunden schläft, bleiben zuwenig Stunden für sein Arbeitspensum.

Dieser Lebenswandel verleiht Amberg etwas unpassend Ausgeruhtes. Keine Eigenschaft, mit der man sich bei Galliker für höhere Aufgaben empfiehlt. Da hilft es auch nichts, wenn er sich, wie seine Kollegen aus dem höheren Kader, während der Sitzungen mit ihm plötzlich frenetisch das Gesicht massiert, literweise Automatenkaffee trinkt, in Sitzungspausen wie ein Erstickender das Fenster aufreißt und Sauerstoff inhaliert oder es so einrichtet, daß ihn Galliker im Toilettenraum dabei erwischt, wie er sich am Lavabo kaltes Wasser ins Gesicht spritzt. Amberg kann sich noch so verstellen, er strahlt die Gemütsruhe des chronisch Ausgeschlafenen aus.

Darunter leidet er, vor allem jetzt, in der Phase der Evaluation des Eichinger-Nachfolgers. Die Spatzen pfeifen es von den Dächern, daß Galliker Ausschau hält nach dem Mann, der Eichingers Aufgaben nach dessen Berufung in die Konzernleitung übernehmen wird. Ein Sechzehnstundenjob, wie Eichinger nie müde – oder noch müder – wurde zu betonen.

In diese Zeit fällt die Entdeckung des Mikro-Naps als salonfähige Methode, sein Schlafmanko zu demonstrieren. Amberg bewahrt, wie seine Konkurrenten, im Schrank eine Schlafsackunterlage aus Schaumgummi auf, die er gelegentlich im Büro für ein fünf- bis zwanzigminütiges Nikkerchen ausrollt. In der schwachen Hoffnung, von Galliker dabei ertappt zu werden und in Sekundenbruchteilen wieder voll dazusein. Als ob Galliker je in seinem Büro aufgetaucht wäre.

Die Frühlingsferien, die seine Frau mit den Kindern im Rustico seiner Schwiegereltern verbringt, nutzt Amberg dazu, an seiner ausgeruhten Ausstrahlung zu arbeiten. Er programmiert auf jede volle Stunde den Weckdienst. Viermal verschläft er den Weckruf, aber dreimal glaubt er ihn gehört zu haben. Am Morgen vor dem Badezimmerspiegel kommen ihm jedenfalls seine Augen etwas müde vor.

Es gelingt ihm, genug von seinem Schlafmanko in den Nachmittag herüberzuretten, um seiner Sekretärin glaubhaft »No calls, ich brauch rasch einen Mikro-Nap« anzukünden. Als er die Augen wieder aufschlägt, steht sie in der Tür. »Herr Galliker war hier«, meldet sie.

Es dauert einen Moment, bis Amberg stammeln kann: »Und weshalb haben Sie mich nicht geweckt?«

»Wir haben es versucht.«

Gantenbeins Abschied

Gantenbein kann es kaum erwarten, Schlüssel und Badge abzugeben. Einen Ausstand – soviel steht fest – wird er nicht spendieren. Nicht einmal für Heumann, Mellinger, Rubiger, Trüb und Frau Jacquot, seine engsten Mitarbeiter.

Seit Wochen räumt er seine Schubladen und Schränke und übereignet die Unentbehrlichkeiten der letzten Jahre in diskreten Portionen dem Papierkorb. An seinem letzten Arbeitstag wird er sein Büro in zehn Minuten besenrein haben.

Seinem Team fällt der Abschied schwerer, auch wenn es das mit künstlicher Fröhlichkeit zu überspielen versucht. Er kennt seine Pappenheimer. Wenn Heumann im Gang pfeift, leidet er. Wenn Mellinger vom Mittagessen mit einer Alkoholfahne zurückkommt, quält ihn etwas. Wenn Rubiger die grellbunten Krawatten hervorholt, sieht es tief in ihm drin düster aus. Die überlauten Lachanfälle von Trüb sind Hilfeschreie. Und wenn Frau Jacquot ihre Privattelefongespräche nicht abbricht, obwohl er sich vor ihrem Schreibtisch aufpflanzt, dann bettelt sie um Aufmerksamkeit.

Verständlich. Immerhin werden sie von ihrer Leitfigur verlassen und verlieren die Autorität, deren Ansprüchen sie in den letzten Jahren – wenn auch meist vergeblich – zu genügen versuchten.

Vielleicht sollte er doch eine Geste machen. Nichts Großartiges, einfach ein letztes Glas im Stehen, um das Verlassenheitsgefühl des Teams etwas zu lindern. Er bittet Frau Jacquot, Heumann, Mellinger, Rubiger und Trüb auf Freitag um fünf zu einem Farewell Drink in sein Büro und ist so gerührt über ihr ungläubiges Lächeln, daß er sich spontan entschließt, statt Weißwein Veuve Clicquot und statt Salzstängeli ein paar Sushi zu offerieren.

Am Freitag um halb sechs steht er mit einem Glas Champagner in seinem leer geräumten Büro und läßt ein paar Episoden der vergangenen Jahre vorüberziehen. So verdammt schlecht war die Zeit auch nicht gewesen, mit seiner Rasselbande. Typisch, daß sie jetzt zu spät kommen, sie wollen den Abschied so lange wie möglich hinauszögern.

Er geht in Frau Jacquots Büro. Der Bildschirm ist dunkel, das Keyboard zugedeckt. Er ruft Heumann an und bekommt keine Antwort. Er versucht es bei Mellinger und Rubiger, mit dem gleichen Resultat. Erst bei Trüb meldet sich eine Stimme und sagt: »Schon gegangen.«

Es sind Kinder, denkt er nachsichtig, glauben, daß der Papa bleibt, wenn sie nicht adieu sagen.

Er schenkt die Sushi dem Nachtportier und packt den Champagner in den Kofferraum. Auf dem Heimweg geht er noch auf ein Glas in die ›Löwenbar‹, um seiner Frau nicht erklären zu müssen, warum er an seinem Abschiedsabend so früh nach Hause kommt.

Dort, am lautesten Tisch, sitzen Heumann, Mellinger, Rubiger, Trüb und Frau Jacquot. Sie scheinen etwas zu feiern.

Sexy Ruppli

Es ist nicht das erste Mal, daß sich Fritz Ruppli von einem Begriff beunruhigen läßt. »Emotionale Intelligenz« war zum Beispiel so einer. Oder »soziale Kompetenz«. Aber bei beiden ließ sich feststellen, was ungefähr damit gemeint war, wie man es sich in etwa aneignet, und ob man es eventuell besitzt.

Aber »sexy«?

In letzter Zeit stößt Ruppli immer wieder auf »sexy« in andern als den üblichen Zusammenhängen. Mit Autos statt mit Reizwäsche, mit Wochenzeitungen statt mit Herrenmagazinen, mit Flugpassagieren statt mit Escort-Hostessen.

Richtig hellhörig wird er aber erst, als er »sexy« im Zusammenhang mit dem CEO eines größeren Unternehmens des Befestigungssektors hört.

Wird das jetzt verlangt? Muß die zeitgemäße Führungskraft sexy sein? Und wie kriegt sie das hin, wenn sie das nicht schon ist? Kann man sich das autodidaktisch aneignen, oder braucht es dazu Beratung wie beim Personality-Styling? Und vor allem: Wie findet man heraus, ob man es ist?

Um etwas Augenfälliges kann es sich dabei nicht handeln, der besagte CEO ist ihm persönlich bekannt. Wenn der sexy ist, ist Ruppli es auch. Viel weniger Haare und viel mehr Kilo als der hat er auch nicht.

Wahrscheinlich ist es wieder einmal etwas, für das nur Frauen oder nicht ausschließlich heterosexuelle Männer ein Sensorium besitzen. Martha kann er nicht fragen, sie ist voreingenommen, sie haben drei Kinder. Und wenn er seinen Coiffeur fragt: »Jean, finden Sie mich eigentlich sexy?«, könnte der ihm das falsch auslegen.

Ruppli ist – wie in den meisten anderen – auch in dieser Frage auf sich selbst zurückgeworfen. Er verbringt viel Zeit vor dem Badezimmerspiegel in verschiedenen Stadien der Entkleidung und versucht, sich mit den Augen einer Frau zu betrachten. Ein absolut neuer, vor allem für die Metallindustrie branchenfremder Blickwinkel. Ruppli neigt zwar dazu, die Frage positiv zu beantworten, eine gewisse vertrauenerweckende Schwere des Körperbaus und etwas kaum zu Beschreibendes (träge?, lasziv?) in seinem Blick sprechen dafür. Aber so eindeutig, daß er sich blind darauf verlassen und den Begriff »sexy« in sein persönliches Profil aufnehmen könnte, ist das Resultat nicht. Er beschließt, gelegentlich eine externe Fachperson beizuziehen.

Diese findet er anläßlich eines Kundenbesuchs in Wuppertal, kurz nach zwei Uhr früh im ›Club Chérie‹, in der Person von Lulu, den Nachnamen hat er sich nicht gemerkt.

Beim zweiten Fläschchen Sekt faßt er sich ein Herz und fragt: »Lulu, du mich finden sexy?«

Und Lulu antwortet: »Okay, Schatzi. Aber hundert Euro extra.«

Lohntransparenz

Hast du gehört, was Ospel verdient?«

»Ich will es nicht hören.«

»Es ist aber eindrücklich.«

»Trotzdem.«

»Neidisch?«

»Keine Spur. Von mir aus kann er zehn Millionen verdienen.«

»Es sind mehr.«

»Ach.«

»Siehst du, jetzt interessiert es dich.«

»Tut es nicht.«

»Was schätzt du?«

»Ich schätze nicht. Ich will es nicht wissen.«

»Weshalb nicht?«

»Es geht mich nichts an.«

»Tut es doch. Du bist Teil der Öffentlichkeit.«

»Die geht es auch nichts an.«

»Natürlich. Die UBS ist an der Börse.«

»Das heißt doch nicht, daß man jedes persönliche Detail des Topmanagements an die Öffentlichkeit zerren muß.«

»Zwölf Millionen sind doch kein persönliches Detail.«

»Jetzt hast du es doch gesagt. Ich wollte es nicht wissen.«

»Weshalb denn nicht?«

»Weil es mir peinlich ist. Es gehört zur Intimsphäre.«

»Managerlöhne? Zur Intimsphäre?«

»Durch ihre Höhe.«

»Versteh ich nicht.«

»Als würde ich jemanden bei etwas Unanständigem beobachten.«

»Aber wie willst du die Manager denn zwingen, ihre Löhne zu rechtfertigen, wenn nicht durch die Offenlegung?«

»Wenn sie sich rechtfertigen lassen, sind sie nicht mehr unanständig.«

»Deswegen bin ich ja für die Offenlegung. Sie stellt die bloß, die zuviel kassieren.«

»Falsch. Sie blamiert die, die zuwenig abholen.«

»Das verstehe ich nicht.«

»Ich finde, jeder Manager hat das Recht auf die Vermutung, er sei in der Lage, zuviel abzusahnen.«

»Wie bitte?«

»Die Offenlegung der Löhne entmystifiziert den Manager. Und das kann sich die Wirtschaft nicht leisten.«

»Den Manager zu entmystifizieren?«

»Die Mystifizierung des Managers ist das Prinzip, nach dem die Wirtschaft funktioniert.«

»Das ist mir zu hoch.«

»Eine Führungskraft braucht Respekt. Und den verschafft sie sich durch das Gehalt, nicht durch die Leistung.«

»Von mir aus könnte die Öffentlichkeit meinen Lohn erfahren.«

»Von mir aus nicht. Wenn die Öffentlichkeit ihn kennt, erfährt ihn auch meine Frau.«

Küttels Jubiläum

Am Montag sind es genau zehn Jahre, seit Küttel in die Firma eingetreten ist. Mittwoch, dem 27. Mai 1992. Er hätte eigentlich erst am Montag, dem 1. Juni, anfangen müssen, aber Küttel wäre nicht Küttel, wenn er nicht ein paar Ferientage seines alten Arbeitgebers drangegeben hätte, um den Stellenantritt professionell vorzubereiten. Er wollte seine ersten bezahlten Arbeitstage nicht mit Büroeinrichten, Kaffeeautomatkennenlernen und Händeschütteln vertrödeln. Am Montag um acht Uhr hatte er sein Büro mit der Nonchalance eines langjährigen Mitarbeiters betreten und erste Maßnahmen getroffen.

Zehn Jahre, die sich gewaschen haben, das muß ihm der Neid lassen: Reorganisation der Abteilung, Effizienzsteigerung auf allen Ebenen, Durchsetzung unpopulärer Strukturmaßnahmen, Bewältigung mehrerer fremdverschuldeter Krisen. Die Bilanz kann sich sehen lassen. Aber es ist nicht an ihm, sie zu ziehen. Das überläßt er anderen, Berufeneren. Hinterfeld, zum Beispiel, seinem Linienvorgesetzten. Oder Duttli, dem Delegierten. An ihnen wird es sein, Küttels Verdienste zu würdigen. In dem Rahmen, der ihnen angemessen erscheint. Apéro im Kreis der oberen Kader. Porträt in der Hauszeitung. Kleine Aufmerksamkeit des Hauses, es muß ja keine goldene Uhr sein. Vielleicht ein verlängertes Wellness-Wochenende in Bad Ragaz für ihn und Vreni, die ja auch ihren Anteil zu den zehn Jahren beigetragen hat, weiß Gott.

Um ganz sicherzugehen, daß das Ereignis nicht in der Hektik des Daily Business untergeht, hat er schon vor einiger Zeit begonnen, im Gespräch mit Hinterfeld und Duttli Bemerkungen einzuflechten, die sich auf seine persönliche Firmengeschichte beziehen. »Damals, kurz nach meinem Firmeneintritt vor bald zehn Jahren...« oder »Neunzehnhundertzweiundneunzig war ja eine meiner ersten Amtshandlungen...«

Die Woche vor dem 27.5. verläuft ohne eindeutige Vorzeichen auf ein Event am kommenden Montag. Küttel interpretiert das als Beweis dafür, daß ihn Hinterfeld und Duttli überraschen wollen, erhöht aber – um ganz sicherzugehen – seine Anspielungen auf die zehn Jahre. »Damals war ich noch zehn Jahre jünger...«, »Vor zehn Jahren haben wir das so gelöst...«

Am Freitag vor seinem Firmenjubiläum fährt Küttel mit Hinterfeld und Duttli im Lift: »Als ich am 27. Mai zweiundneunzig zum ersten Mal diesen Lift betrat, hatte der noch elf Kilo weniger zu tragen«, sagt er noch, bevor er im Siebten aussteigt.

Als sich die Tür hinter ihm geschlossen hat, bemerkt Duttli zu Hinterfeld: »Höchste Zeit für einen etwas zukunftsorientierteren Mann an der Spitze dieser Abteilung.«

Dürigs Coup

Im ersten Jahr kämpfte Dürig im Management noch um Anerkennung. Inzwischen wäre er schon mit etwas Akzeptanz zufrieden. Aber auch die wird ihm verwehrt. Haltinger, Candrian und Kaltenbach behandeln ihn wie am ersten Tag: mit der beiläufigen Herablassung der Habitués einem Neuling gegenüber.

Dabei hat er alles versucht: einen Einstand mit libanesischen Mezze und australischem Wein gegeben, seinen guten Garagenplatz gegen Candrians schlechten getauscht, Haltingers unverständliche Exposés öffentlich über den grünen Klee gelobt, das Aufstiegsspiel von Kaltenbachs Lieblingsmannschaft aufgezeichnet und praktisch auswendig gelernt.

Dürig hat zwölf Lektionen Romanisch gebüffelt, bis sich herausstellte, daß Candrian kein Wort Romanisch spricht. Er hat gegen den Protest seiner Familie von BMW zu Volvo gewechselt, weil Haltinger Volvo-Fahrer ist. Oder damals noch war.

Und er hat sich eine Knie-Litho angeschafft und in seinem Büro aufgehängt, weil er eine Geburtstagszeichnung von Kaltenbachs Patenkind für einen original Knie gehalten hatte.

Nichts von alldem hat geholfen. Im Gegenteil: Manchmal hat Dürig das Gefühl, die Distanz zu seinen Kollegen im Management sei seit seinem ersten Arbeitstag eher noch größer geworden.

Die Wende wird eines Tages durch eine Bemerkung ihres gemeinsamen Vorgesetzten Wegner herbeigeführt. Dieser läßt sich in einer Fachzeitschrift mit der Aussage zitieren: »Die besten Ideen kommen mir auf der Toilette.«

Haltinger, Candrian und Kaltenbach können sich kaum erholen. »Wenn ich mir vorstelle, daß er auf dem Klo sitzt und Ideen hat!« stößt Kaltenbach angewidert hervor. Und Haltinger doppelt nach: »Und wir müssen sie nachher ausführen, diese geschissenen Ideen.« Candrian hält sich die Hand vor den Mund und stöhnt: »Hört auf, ich kotz gleich.«

Dürig ist nicht zugelassen bei diesen Gesprächen. Nichtsahnend sitzt er auf der nächsten Managementsitzung. Die Klimaanlage im Sitzungszimmer ist ausgefallen, und die verbrauchte Luft macht seinem Konzentrationsvermögen zu schaffen. Und so kommt es, daß er, gerade als Wegner sagt: »Ich hatte da eine Idee...«, aufsteht und wortlos das Fenster öffnet.

Seither ist Dürig im Management voll akzeptiert.

Entscheidungsträger

Niederberg ist kein Mann einsamer Entscheidungen. Dazu ist er zu sehr Team-Mensch. Es ist gegen seine Natur, sich tagelang in seinem Stübchen einzuschließen, über den Optionen zu brüten und dann seine Umgebung mit der pfannenfertigen Entscheidung zu konfrontieren.

Entscheidungen, die so gewachsen sind, sind nicht implementierbar, das weiß Niederberg aus Erfahrung, er war ja auch nicht immer an der Spitze der Entscheidungspyramide. Er kann ein Liedchen von Entscheidungsautisten singen, weiß Gott. Leimfeld, um nur einen zu nennen, sein Chef bei der Remag in der Zeit, als er noch Chefs hatte und nicht direkt dem Shareholder verantwortlich war. Eine ganze Weile her, aber noch glasklar in Erinnerung. Rückblikkend muß er sagen, daß Leimbergs Entscheidungen damals vielleicht gar nicht alle so schlecht waren, aber sie hatten alle einen gewaltigen Mangel: Sie waren nicht nachvollziehbar.

Das ist es, was die Qualität einer Entscheidung ausmacht: ihre Nachvollziehbarkeit. Jede Überlegung, die zu ihr geführt hat, muß in jeder ihrer Ausformungen überdeutlich erkennbar sein, wie ein Präparat im Naturkundemuseum. Jeder, der mit der Umsetzung einer Entscheidung zu tun hat, muß die Bestandteile, aus der sie gemacht ist, blind zusammensetzen können wie ein Rekrut seine persönliche Waffe. Das ist ein Bild, das Niederberg immer gut gefallen hat. Stammt übrigens von ihm.

Deswegen legt Niederberg großen Wert darauf, seine Entscheidungen gemeinsam mit seinen engsten Mitarbeitern zu treffen. Wenn es um eine Entscheidungsfindung geht, trommelt er sie zusammen und lotet mit ihnen in der Gruppe die Optionen aus, brainstormingartig. Jeder ist aufgefordert, seine Sicht einzubringen, seine Folgerungen zu ziehen, seine Präferenzen darzulegen. Keine Zensur, jeder hört jedem zu, keine verbalen Abschlüsse.

Niederberg trägt wie jeder andere Teilnehmer zu dieser Gedanken-Auslegeordnung bei und spielt dabei unaufdringlich den Moderator, um dem ganzen Entscheidungsfindungsprozeß eine minimale Struktur zu geben.

Es liegt bestimmt nicht an den hierarchischen Gegebenheiten, daß sich in der Regel Niederbergs Argumentation als die zwingendere herausstellt und daß sich der Konsens aller Anwesenden ganz natürlich auf die Entscheidung einpendelt, der er im Laufe des Gedankenaustauschs zuzuneigen beginnt.

Nein, Niederberg trifft seine Entscheidungen nie einsam. Er trifft sie stets vor Publikum.

Züblin motiviert sich

Der wichtigste Job einer Führungskraft ist das Motivieren der Kräfte, die sie führt. Keine leichte Aufgabe. Denn nichts demotiviert die geführte Kraft gründlicher als eben die bittere Erkenntnis, keine führende zu sein.

Die Führungskraft hingegen schöpft ihre Motivation aus dem Bewußtsein, eine solche zu sein. Und das wiederum ist logischerweise eine Motivation, die sich auf die geführte Kraft nicht übertragen läßt.

Züblin hat sich mit dieser Problematik eingehend beschäftigt und ist zum Schluß gekommen, daß er für sich persönlich eine Motivation finden muß, die sich auf die geführten Kräfte übertragen läßt. Sozusagen eine hierarchieneutrale Motivation. Er kann ja schlecht jeden Morgen voll motiviert den Laden betreten und ausstrahlen: »He, Leute, ist es nicht geil, daß ich euer Chef bin?«

Bei einem Managementseminar über Power Processing stößt er auf eine Motivationstechnik, von der er sich einiges für die Findung des gemeinsamen Motivationsfaktors verspricht. In der Einführung sagt der Kursleiter: »Fragen Sie sich jeden Morgen: ›Warum freue ich mich heute?‹«

Am ersten Tag nach dem Seminar sitzt Züblin kurz vor acht an seinem Schreibtisch und fragt sich: »Warum freue ich mich heute (außer weil ich euer Chef bin)?« Die Gründe sind so zahlreich, daß er sich gezwungen sieht, sie schriftlich festzuhalten, um sie anschließend zu evaluieren. »Ich freue mich heute, weil ich den neuen Jaguar S-Type R mit 4,2-Liter-V8-Kompressormotor und computergesteuerter Dämpfereinstellung bestellt habe.« Und: »Ich freue mich heute, weil ich durch den Brighton-Vertrag einen Bonus von achtzigtausend Euro, zum Tageskurs von Franken hundertsiebzehnsiebenundzwanzig, an Land gezogen habe.« Und: »Ich freue mich heute, weil ich zum Empfang anläßlich des Sechzigsten unseres CEOs eingeladen bin und Renger nicht.« – »Ich freue mich heute, weil ich zur International Group Convention in Singapur First fliege und Bider Business.« Und so weiter, zwei A4-Seiten voll.

Doch bei der Evaluation der Motivationsgründe fällt ihm auf, daß bei tendenziöser Interpretation jedes der Motive auf die Tatsache zurückgeführt werden könnte, daß er der Chef ist.

Kurz vor neun stößt er endlich auf ein übertragbares Motiv: »Ich freue mich heute, weil ihr ein so tolles Team seid.«

Aber seltsam: So oft er sich den Satz auch vorsagt, der Motivationsschub will sich nicht einstellen. Im Gegenteil: Seit Jahren ist er einen Arbeitstag nicht mehr so lustlos angegangen wie mit diesem Satz im Kopf. Das ändert sich erst, als er ihn leicht korrigiert: »Ich freue mich heute, weil ich ein so tolles Team bin.«

Mimikri

Brühlmann ist eigentlich nicht so. Die Krawatte, das Button-down, der schiefergraue Dreiteiler, die Oxford-Schuhe – alles Staffage. Zugeständnisse an den Business-Kodex, Verkleidung.

Wenn es nach Brühlmann ginge, käme er in Jeans zur Arbeit. Ehrlich. In seinen verwaschensten Levi's. Nicht verwaschen gekauften, selbstverwaschenen. Durch häufiges Tragen im Absatz- und Hosentaschenbereich durchgewetzten, an den Oberschenkeln fadenscheinigen. Die würde er anziehen. Und ein paar ausgelatschte Nikes. Und irgendein blind aus dem Schrank gegriffenes T-Shirt. So würde Brühlmann hier aufkreuzen. Wenn er allein bestimmen könnte.

Aber er kann nicht allein bestimmen, jedenfalls nicht in Fragen des persönlichen Stylings. Da gibt es gewisse Konventionen. Übereinkünfte, ein paar elementare gesellschaftliche Spielregeln betreffend.

Obwohl Brühlmann selbst alles andere ist als ein im klassischen Sinn konventioneller Typ. Er ist das pure Gegenteil. Experimentierfreudig, unangepaßt, schräg. Aber er sagt immer: Wenn die Krawatte die einzige Konzession ist, die ich bei meiner Arbeit machen muß, dann ziehe ich sie gerne an.

Auch Brühlmanns Benehmen täuscht über sein wahres

Ich hinweg. Das Steife, Zugeknöpfte, Formelle ist nicht seine wahre Natur. Im Grunde genommen ist Brühlmann locker, lässig, cool. Seine bevorzugte Arbeitsposition wäre: Füße auf dem Schreibtisch, Keyboard auf dem Bauch, Zigarette im Mundwinkel. Daß er aufrecht auf seinem Chefsessel thront, das Keyboard millimetergenau ausmittet und Nichtraucher ist, liegt allein an seiner Vorbildfunktion. Er will vermeiden, daß ihn Untergebene imitieren, die nicht sein kreatives Potential, gepaart mit seiner inneren Disziplin, besitzen. Er will niemanden dazu animieren, sich Freiheiten zu nehmen, mit denen er nicht umgehen kann.

Er wäre in Tat und Wahrheit nämlich auch ein total lockerer Chef. Mehr Coach als Boss, begleiten statt führen, motivieren statt regieren. Das Bild dieses überkorrekten, ernsten, unnachsichtigen, autoritären Chefs, das er abgibt, stimmt nicht überein mit dem Brühlmann, wie er wirklich ist. Wenn es nach dem ginge, wäre er mit allen per du.

Aber es geht auch in dieser Frage nicht nach ihm. Es geht nach seinen Mitarbeitern. Sie sind es, die die starke Hand suchen, den Richtliniengeber, das Vorbild.

Und so versteckt Brühlmann, so schwer es ihm fällt, Brühlmann den Freak, Brühlmann den Anarchisten und Brühlmann den Chaoten sorgfältig vor der Öffentlichkeit.

Und beschränkt den Kreis derer, die ihn kennen, auf Brühlmann.

Synergien

Tief in Gedanken schreitet Schäublin durch den sommerlichen Arvenwald. Er hat für das Wochenende alle Termine absagen lassen und sich in das Engadiner VIP-Gäste-Appartement des Unternehmens zurückgezogen. Solo, wie immer vor weitreichenden Entscheidungen.

Am Montag heißt es Daumen rauf oder runter für die Fusion mit HHD International. Und es wird auch diesmal sein Daumen sein, der da rauf- oder runterzeigt.

Schäublin stellt sich an den Rand des Wanderwegs und läßt eine junge Familie passieren. Die Eltern grüßen ihn flüchtig. Er blickt dem Grüppchen versonnen hinterher. Wenn die wüßten, daß er in ebendiesem Moment Entscheidungen trifft, die das Schicksal vieler solcher jungen Paare mit umgeschnallten bunten Kindern betreffen könnten. Dann geht er weiter, im bedächtigen Schritt des gebirgstüchtigen Wirtschaftsführers.

Wenn er an die Synergien denkt, die der Merger bringen würde, braucht er eigentlich gar nicht mehr länger zu überlegen. Einzig der arbeitsplatzpolitische Aspekt läßt ihn etwas zögern. Natürlich wird die Sache Kosten sparen. Und Kosten, das sind in seiner Branche – in welcher nicht? – vor allem Lohnkosten. Dazu ist eine Fusion ja da. Er rechnet mit einer Einsparung in dreistelliger Millionenhöhe. Das wird ihm natürlich sofort gegen Arbeitsplätze aufgerechnet werden, er kennt doch seine Medien. Und er wird ihnen wieder einmal nicht erklären können, daß es sich um künstliche Arbeitsplätze handelt. Jeder Job, der ersatzlos gestrichen werden kann, ist ein künstlicher Job.

Schäublin legt eine kurze Verschnaufpause ein. Es ist die Pflicht des Wirtschaftsführers, das Unternehmen von virtuellen Jobs zu säubern. Das ist auch im Sinne derer, die einen solchen ausüben. Jeder, dessen Job bei näherer Betrachtung als virtuell erkannt wird, sollte dankbar sein, ihn nicht länger ausüben zu müssen. Schon aus Selbstachtung.

Aber während weiter unten zu viele qualifizierte Kräfte für zu wenige nichtvirtuelle Jobs zur Verfügung stehen, ist es weiter oben umgekehrt. Das ist Schäublins öffentlich noch nie eingestandene Motivation zu immer neuen Mergern und Übernahmen. Wohin er auch schaut, er sieht immer weniger Manager, die den steigenden Ansprüchen der Unternehmensführung gewachsen sind. Schäublin führt Unternehmen zusammen, um ihre Gesamtzahl zu reduzieren. Und damit die Anzahl der immer schwerer zu besetzenden Toppositionen.

Die Synergien im Topmanagement sind es letztlich, die den Ausschlag dafür geben, daß Schäublin sich für die Fusion entscheidet. Vor allem die Synergie an der obersten Spitze des neuen Unternehmens: die Synergie Schäublin.

Ferienplanung

Wie jeden Juli fahren Leimbergers in die Provence. Und wie jeden Juli sucht Leimberger nach einem Grund, nicht die ganzen drei Wochen dabeisein zu müssen. Natürlich liebt er Anna und die Kinder, darum geht es nicht. Er ist einfach nicht so der Familienferientyp. Er kommt sich dabei sehr schnell überflüssig vor. Ein Zustand, den er höchstens zehn Tage aushält, ohne daß er ihm aufs Selbstvertrauen schlägt. Und es kann ja nicht der Sinn von Ferien sein, daß der Manager mit angeschlagenem Selbstbewußtsein aus ihnen zurückkehrt.

Diesmal lautet der Grund für die abgekürzten Ferien: der Göteborg-Auftrag. Er bietet sich an, weil der Begriff familienintern gut eingeführt ist. Es handelt sich dabei um einen Auftrag, um den sich die Firma lange bemüht hatte und der schon vorher manchmal als Grund für Wochenendarbeit und Spätschichten herhalten mußte.

Es wirkte also durchaus glaubwürdig, als Leimberger eines Abends Anna mit einem Gin Tonic in der Küche überrascht, die Augen verdreht und sagt: »Guess what – der Göteborg-Auftrag versaut uns die Ferien.«

Anna trägt es tapfer. Sie trinkt einen Schluck, seufzt traurig, trinkt noch einen Schluck und sagt: »Schade.« Kein Wort des Vorwurfs.

Sie besprechen die Details mit großer Sachlichkeit. Gemeinsame Anreise, acht Tage konsequentes gemeinsames Ausspannen und Quality Time für die Kinder, danach Abreise Leimbergers mit der Option, daß er für die letzten drei Ferientage zurückkommt. Eine unwahrscheinliche Option, wie er Anna rücksichtsvoll verschweigt.

Leimberger beginnt sich auf acht Tage Familienferien und zwölf Tage Ferien von der Familie zu freuen, als plötzlich der Göteborg-Auftrag flötengeht. Den finanziellen Verlust kann Leimberger verkraften – er besitzt keine Aktien der Firma, die er managt. Aber den Verlust des Vorwands, die Familienferien abzukürzen, ist er nicht bereit hinzunehmen. Er erwähnt den Auftragsverlust zu Hause nicht. Und wenn beim Frühstück das Wort »Göteborg-Auftrag« fällt, verdreht er die Augen doppelt glaubwürdig.

Die Ferien rücken näher, und die kleine Notlüge – wie sie Leimberger bei sich nennt – wäre unentdeckt geblieben, hätte Anna nicht eine Freundin, deren Mann in der gleichen Branche wie Leimberger tätig ist. Sie treffen sich einmal im Monat zum Sushi, und bei dieser Gelegenheit erwähnt Anna, daß Leimberger die halben Ferien für den Göteborg-Auftrag opfern müsse.

»Aber der Göteborg-Auftrag ist doch futsch«, wundert sich die Freundin.

Einen Moment ist Anna stumm vor Schreck. Dann sagt sie: »Das hast du mir nicht gesagt, okay?«

Highlights

Weinberger sitzt in der Business Lounge und wartet auf den Anschlußflug nach Hamburg. Das heißt, er wartet nicht einfach auf den Aufruf des Fluges, er verbringt seine Zeit bis dahin auf effiziente Weise. Genau gesagt: mit der Lektüre des Protokolls der letzten Sitzung seiner Bereichsleiter, auf dessen Verteiler er z. K. figuriert. Er hat die Beine übereinandergeschlagen, hält das Dokument in der Linken und in der Rechten einen Leuchtstift, mit dem er ein, zwei Stellen highlighten wird, um das Protokoll als gelesen zu markieren.

So verharrt er nun schon seit mehreren Augenblicken und läßt Augen und Gedanken schweifen.

Er weiß nicht, wie viele Sekunden – oder waren es Minuten? – er in dieser Position verträumt hat. Er findet sich plötzlich Auge in Auge mit einer gutaussehenden Frau, die ihren Blick sofort auf den Bildschirm ihres Laptops senkt, von dem sie offenbar auf der Suche nach einem Gedanken für einen Augenblick aufgeschaut hat.

Um nicht den Eindruck zu erwecken, er habe nichts Besseres zu tun, als Frauen anzustarren, während auf jeder Sitzgelegenheit der Lounge die Manager jede Sekunde ihres viel zu kurzen Arbeitstags nutzen, beißt er in den Verschlußdeckel seines Leuchtstifts, zieht den Stift heraus und highlightet wahllos die folgenden drei Stellen: »... Variante B den Vorzug obwohl ...« und »... anschließend an die Sitzung bilateral ...« und »... Empfangsbereichsbegrünung wird auf Vorschlag von ...«

In diesem Moment wird er durch die Ankündigung seines Fluges gestört. Mit einem genervten Seitenblick auf die Frau am Laptop läßt Weinberger das Protokoll und den Leuchtstift in seinem Köfferchen verschwinden und steht auf. Sie ist zu beschäftigt, um den Blick zu erwidern.

Zwei Tage später landet das Protokoll in der Ablage seiner persönlichen Assistentin und tags darauf über inoffizielle Kanäle bei einem informellen Treffen der Bereichsleiter an Tisch vier der ›Alten Schmiede‹.

»... Variante B den Vorzug obwohl ...« gibt am wenigsten zu reden. Weinbergers Hervorhebung wird allgemein als Favorisierung der – unter den Bereichsleitern umstrittenen – Variante B verstanden, was die Entscheidungsfindung erheblich abkürzt. Sie lautet: Variante B.

»... anschließend an die Sitzung bilateral ...« wird nach kurzer Diskussion als Mißbilligung jeglichen bilateralen Vorgehens interpretiert. Man beschließt, in Zukunft davon abzusehen.

Aber über »... Empfangsbereichsbegrünung wird auf Vorschlag von ...« scheiden sich die Geister. Erst weit nach Mitternacht einigt man sich darauf, die Empfangsbereichsbegrünung ganz fallenzulassen.

Managertalk

Lederer liegt im Grand lit von Zimmer 406. Wenn er nicht vor zwölf Jahren das Rauchen aufgegeben hätte, würde er jetzt eine anzünden.

Michelle atmet regelmäßig und duftet nach dem Parfum, das er ihr geschenkt hat. »L'Heure Bleue«, das gleiche, das Hilde benutzt. Kleine Vorsichtsmaßnahme.

»Ach, Theo«, seufzt Michelle.

»Hmmm«, antwortet Lederer und unterdrückt den Impuls, auf die Uhr zu schauen.

Dann ist es wieder still bis auf den Staubsauger im Gang.

»Woran denkst du?« fragt Lederer nach einer Weile, um zu vermeiden, daß sie auf seiner Schulter einschläft.

»An Mühlemann«, antwortet Michelle.

»An Mühlemann?« stößt Lederer aus. Er klingt etwas verletzt. »Wie kommst du auf Mühlemann?«

»Nun ist er doch zurückgetreten.«

»Na und?«

»Monatelang sagt er, das Doppelmandat sei kein Problem, und jetzt tritt er doch als VR-Präsident zurück.«

»Seit wann interessierst du dich für Wirtschaftsthemen?« Lederer riskiert jetzt doch einen Blick auf die Uhr.

»Seit ich dich kenne«, haucht Michelle und kuschelt sich an seine Schulter. Sofort ist Lederer versöhnt. Nein: gerührt. Um ein Gesprächsthema mit ihm zu haben, interessiert sie sich für Wirtschaft! Süß!

Um ihre Bemühungen zu würdigen, geht er darauf ein. »Weißt du, ein Manager kann nicht immer sagen, was er denkt, und nicht immer tun, was er sagt.«

»Warum nicht?«

Lederer lächelt. Wie soll er ihr das erklären? »Er muß führen.«

Michelle stützt sich auf den Ellbogen und hängt lernbegierig an seinen Lippen.

»Einer, der immer sagt, was er denkt, und der immer tut, was er sagt, wird berechenbar. Ein Leader muß unberechenbar sein, sonst wird er zur Marionette.«

»Aber ein Leader sollte doch auch der Wahrheit verpflichtet sein.«

Lederer zieht sie zu sich heran. »Ach, die Wahrheit, mein Kleines, was ist die Wahrheit? Heute das Gegenteil von morgen, morgen die Hälfte von heute. Und welche Wahrheit? Die von dem, der sie verkündet, oder die von dem, der sie vernimmt? Who knows?«

»Du bist so gescheit«, flüstert Michelle.

Er widerspricht nicht.

Der Staubsauger auf dem Gang wird ausgeschaltet. In die Stille fragt Michelle: »Liebst du mich, Theo?«

»Ja«, antwortet Lederer. »Das heißt, nein. Das heißt, ja und nein. Das heißt, du weißt schon.«

After Work

Der Finanzer, der CEO und der Treuhänder sitzen in einer Nische des ›Kitten Club‹ bei einem Schlummertrunk. Sie sind keine typischen Nachtklubbesucher, aber sie kennen sonst nichts, was in der Nähe noch offen hat. Und prüde sind sie auch nicht.

Trotzdem winken sie ab, als eine Table-Tänzerin an ihren Tisch kommt. So gut sieht die Quartalsbilanz nun auch wieder nicht aus, an der sie bis kurz vor zwei Uhr morgens gearbeitet haben. Ein stagnierender Gewinn. Und auch das nur dank Erträgen aus Verkäufen verschiedener Beteiligungen an verschiedene eigene Unternehmen mit unterschiedlichen Geschäftsjahren.

Dem Finanzer ist nicht ganz wohl in seiner Haut. Es ist zwar nicht das erste Mal, daß ihn die Umstände zwingen, mit Bilanztricks zu arbeiten, aber damals hatten das die Amerikaner noch nicht so zum Thema gemacht. »Wenn wir die Sentec wenigstens nicht so hoch bewertet hätten«, mault er.

»Der Preis ist marktgerecht, sonst hätte GP&S ihn nicht bezahlt«, grinst der Treuhänder. Der CEO stimmt in sein Lachen ein. Auch GP&S ist eine Tochter der Gruppe.

»Ein Drittel weniger wäre glaubwürdiger gewesen«, insistiert der Finanzer.

»Dann hätten wir Verlust geschrieben«, entgegnet der Treuhänder.

»Machen wir ja auch«, murmelt der Finanzer.

Jetzt mischt sich der CEO ein: »Aber wir schreiben ihn nicht. Daß ihr Finanzer nie den Unterschied lernt zwischen machen und schreiben. Wir schreiben Gewinn. Das sind wir dem Shareholder schuldig.«

Auf dem Nebentisch tanzt jetzt eine sehr bewegliche junge Frau und lenkt die drei für ein paar Minuten vom Thema ab. Als sie vom Tisch steigt, nimmt der Finanzer den Faden wieder auf. »Und wie erklären wir dem Shareholder den Verkauf von Sentec nach knapp einem Jahr?«

»Das Strategische laß mal meine Sorge sein«, beruhigt ihn der CEO und bestellt noch eine Runde. »Und den Shareholder auch.«

»In seinem Interesse handeln wir ja, wenn wir keinen Verlust schreiben«, erklärt der Treuhänder dem immer noch skeptischen Finanzer. »Oder sollen wir den Titel unnötig unter Druck setzen, nur wegen einer vorübergehenden, weltwirtschaftlich bedingten kleinen Bilanzschwäche? Ist es nicht vernünftiger, die nötigen Strukturmaßnahmen ohne äußeren Zwang vorzunehmen? Sollen jetzt auch noch wir die Weltwirtschaft mit einer Gewinnwarnung belasten?«

Dieses Argument zerstreut schließlich die Bedenken des Finanzers. Und der Entschluß des CEO, die Weltwirtschaft durch die Investition in einen kleinen Table Dance zusätzlich etwas anzukurbeln.

Imagekorrektur

»Wie wär's mit Top Final Responsible?« Die Imageberaterin liest von einem handbeschriebenen Bogen Bütten. Persönlicher Approach. Computer sind fürs Backoffice.

Mädler wiegt den Kopf. »Ti Ef Ar«, murmelt er zweifelnd. »Ich weiß nicht. Das Final stört mich. Ich weiß schon, Final im Sinn von letztes Wort, Entscheidungsträger, aber gibt es nicht etwas weniger negativ Besetztes als Final? Klingt so nach Ende, Schluß, fertig.«

Die Imageberaterin nimmt die Füllfeder und streicht Top Final Responsible. »Das wird Flickwerk, wenn wir einzelne Begriffe austauschen. Der Titel muß klingen wie aus einem Guß. Als hätte es ihn schon immer gegeben. Wie GTR, Tschi Ti Ar, mein persönlicher Favorit. Global Top Responsible.«

Die marokkanische Ottomane zwingt Mädler in eine bequeme, aber unvorteilhafte Stellung. Der Corbusier-Sessel vor dem Re-Design ihres Büros – cool is out – war seiner Figur mehr entgegengekommen. Er verlagert sein Gewicht vom linken auf den rechten Ellbogen und wiederholt »Tschi Ti Ar, Tschi Ti Ar... Nicht übel, aber irgend etwas stört mich. Tschi Ti Ar...«

»Robert B. Mädler, GTR, das hat doch Klang«, sagt die Imageberaterin. Das B vor dem Mädler war eine der ersten Maßnahmen in ihrer langjährigen Geschäftsbeziehung. Und eine der günstigsten, verglichen mit der Neueinkleidung durch einen führenden Herrenausstatter, inklusive Büroanprobe und Consulting-Honorar. Es steht für Bob, mangels eines zweiten Vornamens. Robert Bob Mädler, GTR.

»Jetzt weiß ich, was mich stört, das G. Zu nahe am C.«

Ein Aspekt, den die Imageberaterin offensichtlich nicht bedacht hat. »Kann ich eigentlich nicht finden, Gee, Cee… Tschi, Si… Gaumen, Zunge… nein, find ich nicht.«

Aber Mädler ist nicht überzeugt. »Gibt es nichts Besseres als global?«

Die Imageberaterin nimmt einen Schluck Green Tea. Stimuliert die Kreativität. »Universal«, schlägt sie schließlich vor. »Universal Top Responsible, UTR, Iu Ti Ar. Na?«

»Robert B. Mädler, UTR.« Mädler horcht dem Klang hinterher. Aber weil die Entscheidung seine persönliche Karriere betrifft, will er auch die letzten Zweifel ausräumen. »Sind drei Buchstaben nicht vielleicht doch suspekt? Zu reminiszent? Zu nahe an, Sie wissen schon? Sollten wir nicht ganz weg von der amerikanischen Schiene? Haben Sie nichts Vertrauenerweckendes?

Erst nach knapp zwei Stunden à 1000 Schweizer Franken gelangen sie zu einer imagemäßig befriedigenden Lösung. Auf Mädlers Kärtchen steht fortan statt Robert B. Mädler: Röbi Mädler.

Und Generaldirektor statt CEO.

Lindner offline

Diese Sommerferien will Lindner nutzen, um seine Ehe wieder ein wenig ins Lot zu bringen. Er hat einiges gutzumachen. Dreiundzwanzig Wochenenden außer Haus. (Die Statistik stammt von seiner Frau Jeannette.) Eine statistisch nicht erfaßte Zahl von Fangt-schon-mal-ohne-mich-an, ein paar Dutzend Mir-ist-da-etwas-dazwischengekommen und etwa gleich viele Ich-hoffe-du-hast-noch-nicht-gekocht. Plus die Privatbewirtung von Landmanns, bei der er vergessen hatte, Jeannette rechtzeitig auf die Glutenallergie von Frau Landmann aufmerksam zu machen. (Sie hatte sechs verschiedene hausgemachte Paste gekocht.) Plus die Sache mit Patrizia, von der Jeannette zwar nichts weiß, aber ahnt sie etwas?

Lindner überrascht die Familie also mit Offline-Ferien. Seine Assistentin hat ihm ein Haus am Arsch der Welt organisiert. Genauer: am Arsch von Mallorca. Eine Finca mit Solarstrom, Ökopool und ohne Telefonanschluß. Zwanzig Cherokee-Minuten vom nächsten Kaff entfernt.

Jeannette ist sprachlos. Ganz im Gegensatz zu Joel (9) und Jasmin (7), als sie erfahren, daß »offline« auch MP3-, Gameboy- und TV-frei bedeutet. Jeannette findet ihre Sprache erst wieder, als Lindner ihr eröffnet, daß »elektronisch frei« auch bedeute, daß er Laptop, Palm und Handy ebenfalls zu Hause lassen werde. »Auch mein Handy?« fragt sie fassungslos.

Der Gedanke, daß Lindner während zweier Wochen keinen täglichen Kontakt zur Firma haben könnte, ist natürlich absurd. Während Jeannette vormittags in die Tienda des nächsten Orts zum Einkaufen fährt, bleibt er unter dem Vorwand, die Kinder besser kennenlernen zu wollen, zu Hause und verfaßt seine Faxe. Am Nachmittag fährt er zur Tienda und kauft sich die Zeitungen vom Vortag. Bei dieser Gelegenheit gibt er seine Faxe auf und holt sich die ab, die angekommen sind. Er ist nicht der einzige, der diesen Service von Pilar, der Tochter des Tiendabesitzers, nutzt. Manchmal muß er eine ganze Weile warten, bis andere Herren in Shorts, die ebenfalls Offline-Ferien machen, bedient sind.

Das Konzept ist ein Erfolg. Lindner pflegt seine Ehe, ohne dabei die Firma zu vernachlässigen. Aber am zweitletzten Ferientag, als er wegen eines dringenden Fax auch Jeannettes morgendlichen Einkauf übernimmt und am Abend den Inhalt der Schachtel mit der Aufschrift »Lindner« nach der Antwort durchsucht, stößt er auf folgendes Fax. »Ach, Kleines, wie soll ich einen Tag ohne Dein Morgenfax überleben? Konntest Du ihm nicht entwischen? xxx Carlo.«

Zuerst denkt er, Pilar habe sich in der Schachtel geirrt. Aber dann sieht er, daß die Zeilen an Lindner adressiert sind. Jeannette Lindner.

Tierfreund Talberg

Für Hundebesitzer hat Talberg kein Verständnis. Er beobachtet, wie sie sich von ihren Kötern an mit Plastiksäckchen verzierten Leinen vor seinem Gartenzaun vorbeischleppen lassen. Und wie sie fachkundig die Wolken studieren, während der treue Begleiter mit gekrümmtem Rücken auf die Spielstraße kackt. Und wie sie nonchalant eines der Plastiksäckchen von der Leine lösen, die Hand hineinstecken, den warmen Hundedreck greifen, das Plastiksäckchen umstülpen und es mit der Eleganz und Fingerfertigkeit einer altgedienten Traiteurverkäuferin verknoten.

Talberg würde sich alldem nie freiwillig unterziehen. Im Leben der karrierebewußten Führungskraft lauern schon Demütigungen genug.

So ist er denn auch entsprechend schockiert, als ihn eines Abends im Entree seines eigenen Hauses eine Boxerhündin verbellt. Das Tier ist zwar keine Anschaffung seiner zu autonomen Entscheidungen neigenden Frau. Aber Brandy (Brandy!) gehört ihrer Schwester und ist für die unbestimmte Dauer einer Ehekrise bei Talbergs in Pflege.

Er versucht, Brandy zu ignorieren. Aber Brandy adoptiert ihn innerhalb von Minuten als ihr neues Herrchen. Versuchen Sie einmal, eine Boxerhündin zu ignorieren, die sich nie weiter als fünfzig Zentimeter von Ihnen entfernt.

So kommt es, daß Talberg gegen seinen Vorsatz eines Abends, während seine Frau im Beckenbodenturnen ist, Brandys Drängen nachgibt und mit ihr im Schutz der Dämmerung auf einen wirklich nur ganz kurzen Spaziergang geht. Das mit dem Säckchen, schwört er sich, wird er aber auf keinen Fall tun.

Die Straße ist menschenleer. Aber genau in dem Moment, als Brandy einen auch für den geübten Hundebeobachter Talberg gewaltigen Haufen mitten vor das Gartentor von Renners setzt, schaut Frau Renner aus dem Fenster und grüßt betont laut zu ihm herüber. Ihm bleibt nichts anderes übrig als das mit dem Säckchen.

Aber damit nicht genug: Auf dem Rückweg kommt ihm Bergmeier entgegen, einer der letzten, mit denen er sich mit zweihundert Gramm warmem Hundekot in der Hand über die Börsenlage unterhalten möchte. Talberg läßt das Säckchen in der linken Regenmanteltasche verschwinden.

Die beiden Nachbarn und Branchenkollegen plaudern eine Weile angeregt im Nieselregen. Als Talberg ins Haus zurückkommt, hängt er den Regenmantel zum Trocknen in die Waschküche. Er braucht ihn am nächsten Tag, er muß auf die erste Maschine nach London.

Das Säckchen fällt ihm erst wieder ein, als sich die Dame am Security Check den Inhalt seiner linken Manteltasche zeigen lassen will.

Baums Aufschwung

An einem regnerischen Samstagabend sitzen Baums nach dem Kino in einer Pizzeria vor den Überresten einer Margherita und einer Napoletana und einer Flasche Chianti Classico. Die Kinder sind bei den Großeltern, wie immer am ersten Wochenende des Monats. Kurt Baum füllt die Gläser nach, vor allem seines, das von Marianne ist noch voll.

»Wir hätten in die Oper gehen sollen statt ins Kino«, sagt er. »Und danach zu ›Chez Pierre‹ statt in die ›Pizzeria Adriatica‹.«

»Und die Krise?«

»Findet im Kopf statt.«

Marianne Baum schaut sich in der halbleeren Pizzeria um. »Und das hier?«

»Ist Ausdruck der Konsumstimmung. Weil die Leute glauben, der Wirtschaft gehe es schlecht, geben sie kein Geld aus. Mit der Folge, daß es der Wirtschaft schlechtgeht.«

Marianne Baum stochert in einem Stück erkalteter Pizza. »Dann gehen wir eben am nächsten kinderfreien Wochenende in die Oper und zu ›Chez Pierre‹.«

»Nicht am nächsten kinderfreien Wochenende, nächste Woche. Wir nehmen uns einen Babysitter wie früher.« Darauf stoßen sie an.

»Überhaupt sollten wir konsumfreudiger sein. Erst gestern hat Kienberger auf der Kadersitzung gesagt: ›Jeder einzelne von uns kann das Konsumklima beeinflussen, meine Herren.‹«

»Vor allem Kienberger«, sagt Marianne, »der die Gehälter macht.«

»Ich glaube, man muß weg von der Vorstellung, daß das Konsumverhalten vom Einkommen abhängt. Der Trend läuft Richtung Gegenteil. Das Einkommen hängt vom Konsumverhalten ab. Je freudiger man ausgibt, desto besser wird man bezahlt.«

Damit ist Baum beim Thema angekommen. »Zum Beispiel, wenn wir uns einen Audi A6 2.5 TDI, multitronic, ebonyschwarz, Perleffekt, anschaffen würden, würde das in der nächsten Lohnrunde von Kienberger garantiert honoriert.«

Erst als er die getrennt regelbare Sitzheizung für die Vordersitze, die elektrische Lendenwirbelstütze, den CD-Wechsler und die Kindersitzbefestigung ISOFIX erwähnt, realisiert Marianne Baum, daß das Beispiel nicht rein theoretisch gemeint und der Kredit in Höhe von rund sechzigtausend Franken nur noch von ein paar Formalitäten abhängig ist.

Wenige Wochen später wird die Anschaffung tatsächlich personalpolitisch gewürdigt. Als es um die Frage geht, ob Baum von den rezessionsbedingten Personalabbaumaßnahmen betroffen wird, sagt Kienberger: »Einer, der sich in diesen Zeiten einen Audi A6 2.5 TDI, multitronic, ebonyschwarz, Perleffekt, leisten kann, wird kein Sozialfall.«

Strategieseminar

Strategisch hängt die Ronag Schweiz gegenwärtig ein bißchen durch. Darum hat Dr. Reitlinger das Management zu einem ganztägigen Lego-Serious-Play-Seminar aufgeboten. Dabei schaffen Manager Metaphern und Geschichten, die der eigenen Identität und der Wahrnehmung der Unternehmenslandschaft eine neue Bedeutung verleihen.

Dr. Haselberger baut an einem Karussell. Es symbolisiert das Marketing in einem ständig bewegten Umfeld. Die Basis ist aus gelben Platten, und die Säulen sind alternierend rot und blau. Dr. Wittler, in dessen Bereich das Marketing eigentlich fällt, wirft ihm mißtrauische Seitenblicke zu. Er selbst baut ein Lastauto mit einer Ladefläche, die man richtig kippen kann. Es symbolisiert die Logistik, eigentlich Dr. Haselbergers Abteilung.

Daß die Bereiche vertauscht werden, hat der Legomoderator Johanssen angeordnet. Deshalb arbeitet der Finanzchef Rast an einer Maschine, die die Produktion symbolisiert, und ist der Produktionsleiter Kellerberger in einen Bunker aus grauen Legosteinen vertieft, in den er alles Legogeld des Baukastens verstaut hat. Dr. Reitlinger verlegt Schienen zwischen den verschiedenen Bauwerken, für eine Legobahn, die die interne Kommunikation versinnbildlicht.

Die Herren haben die Jacketts ausgezogen und arbeiten

schweigend, die Zungenspitze zwischen die Zähne geklemmt. Dr. Wittler bräuchte für die Kipp-Pritsche seines Lastwagens dringend zwei gelbe Sechserplatten, aber Dr. Haselberger hat alle für sein blödes Karussell gehamstert. Als der den Herrn Johanssen fragt, ob er rasch Pipi darf, stibitzt ihm Dr. Wittler schnell zwei Platten. Als Dr. Haselberger zurückkommt, sind sie schon eingebaut.

Dafür dreht jetzt Dr. Haselberger so fest an seinem Marketingkarussell, daß das Legomännchen, von dem Dr. Wittler annimmt, es verkörpere ihn, runterpurzelt. Da müssen Dr. Reitlinger, Dr. Haselberger, Rast und Kellerberger total lachen. Das macht Dr. Wittler so wütend, daß er dem Karussell einen Schubs gibt, so daß es vom Tisch stürzt. Worauf Dr. Haselberger das Lastauto vom Tisch schubst und dagegen tritt. Dabei verrutscht Dr. Reitlingers Schienennetz, und seine Kommunikationsbahn stößt in die filigrane Produktionsmaschine des Finanzchefs Rast, der die Verwirrung dazu nutzt, das Legogeld aus Kellerbergers Bunker in seinem Pausentäschchen verschwinden zu lassen. Kellerberger droht damit, alles seiner Frau zu erzählen, ätsche-bätsch!, und Rast sagt, er wird nie, nie mehr mit Kellerberger spielen.

Der Herr Johanssen muß ganz, ganz fest schimpfen, bis im Strategieseminar wieder einigermaßen Ruhe einkehrt.

Etter an der Basis (1)

Die Bemerkung ist natürlich ironisch gemeint. »Soll in Zukunft ich einkaufen gehen?« fragt Etter seine Frau, als er spät von der Marketingtagung heimkommt, sich zum Abschalten noch ein Bierchen genehmigen will und keines findet. Vielleicht liegt es daran, daß Sylvia schon geschlafen hat, als er sie fragte: »Irre ich mich, oder gibt es in diesem Haushalt tatsächlich kein einziges Bier?«

Es entspannt sich ein kurzes Gespräch über die Probleme des Hausfrauenberufs, das, wie gesagt, in der Frage »Soll in Zukunft ich einkaufen gehen?« gipfelt. Sylvia beantwortet sie mit einem schlaftrunkenen »Ja«.

Am nächsten Morgen ist Samstag. Etter erscheint spät zum Frühstück und findet Sylvia ebenfalls noch im Pyjama mit der Zeitung bei einer Tasse Kaffee. »Bist du krank?« fragt er.

»Nein«, antwortet sie, »ich genieße einfach den freien Tag. Die Einkäufe machst ja jetzt du.«

Er ahnt, daß Sylvia gestern nacht im Halbschlaf die Ironie seiner Bemerkung entgangen sein muß. Wie gründlich wird ihm aber erst klar, als sie ihm einen Einkaufszettel über den Frühstückstisch schiebt.

Etter nimmt die Herausforderung an. Wenn seine Frau der Meinung ist, es sei einem zu hundertfünfzig Prozent ausgelasteten, hochspezialisierten Turnaround-Manager tatsächlich zuzumuten, in seiner spärlich bemessenen Freizeit auch noch den Hausmann zu spielen, dann bitte sehr. Er trinkt seinen Kaffee, macht seine Morgentoilette und zieht sich an. Er entscheidet sich für einen seiner Business-Anzüge und eine Krawatte ohne Freizeitmotiv. Die Leute sollen nur sehen, daß hier einer, der normalerweise bedeutendere Aufgaben zu bewältigen hat, sich nicht zu schade ist, auch einmal in die Niederungen der täglichen Verrichtungen hinabzusteigen. Er überträgt die Positionen des Einkaufszettels auf seinen Laptop und speichert sie auf dem Palm. Gerade für die Erledigung der banaleren Dinge sollte man nicht auf zeitgemäße Tools verzichten. Er verabschiedet sich betont vorwurfslos von Sylvia und fährt los.

Die erste Schwierigkeit überwindet Etter souverän: Die Einkaufswagen im Supermarkt sind aneinandergekettet und noch nicht für den bargeldlosen Zahlungsverkehr eingerichtet. Anstatt zu versuchen, seinen Hundertdollarschein, den er für Notfälle bei sich trägt, zum Tageskurs in Schweizer Franken zu wechseln, entscheidet er sich für einen nicht angeketteten Tragekorb. Damit mischt er sich unter die Freizeitlooks und Artikel des täglichen Bedarfs, fest entschlossen, diese praktische Erfahrung an der Konsumbasis zur Erweiterung seines großen Marketing-Know-hows einzusetzen.

Etter an der Basis (II)

Etter ist an diesem Samstag im Supermarkt der einzige Kunde im Business-Anzug. Auch der einzige, der mangels Kleingeld ohne Einkaufswagen unterwegs ist. In der linken Armbeuge hängt sein Tragekorb, in der Rechten hält er den Eingabestift, in der Linken seinen Palm mit der Einkaufsliste. So streift er suchend durch die Regale. Vielleicht hätte er Sylvias handgeschriebenen Einkaufszettel, nachdem er ihn in den Computer übertragen hatte, nicht alphabetisch sortieren sollen. So kamen »300 g Bündnerfl. mittelf. geschn.« zwischen »2 kg Orangen« und »4 Rollen Haushaltpapier« zu stehen. Eine Logik, der die Rayons des Supermarktes genausowenig folgten wie der unmittelbaren Nachbarschaft von »6 Bier« mit »Blumenkohl, wenn mögl. Bio!«

Etter ist gezwungen, deduktiv vorzugehen: Er schlendert an den Regalen, Schütten und Kühltruhen vorbei und sucht das Warenangebot auf Übereinstimmungen mit seinem Palm ab. Immer, wenn er auf eine Kongruenz stößt, legt er sie in den Korb und hakt sie mit dem Eingabestift auf der Einkaufsliste als erledigte Aufgabe ab. Worauf sie mit einem trockenen Klicken vom Bildschirm verschwindet.

Aber während im Business-Alltag jedes Klicken einer erledigten Pendenz eine Erleichterung darstellt, bedeutet es hier an der Konsumfront eher eine Belastung. Bald wird er, in der Linken den Palm, in der Rechten den Eingabestift und in beiden Armbeugen einen Tragekorb, zum Verkehrshindernis zwischen den Regalen. Aber Etter läßt sich nicht aus dem Konzept bringen, notiert sich sogar Stichworte zum Konsumverhalten der ihm etwas fremden Spezies Endverbraucher. Zur Vertiefung des Marketing-Know-hows.

Die Einführung der Selbstbedienung im Offenverkauf von Obst und Gemüse ist eine Entwicklung, die an Etter vorbeigegangen ist. Er füllt die letzten Winkel seiner beiden Körbe mit einem spontanen Potpourri aus Obst und Gemüse. Sylvia soll ruhig sehen, daß die Aufgabe nicht nur eine lästige Pflicht, sondern auch eine kreative Herausforderung darstellt.

An der Kasse studiert er mit einer Mischung aus Interesse und Amüsement die Einkäufe der Mitwartenden. Als er nach gestoppten 16 Minuten an die Reihe kommt, legt er nicht ohne Stolz den Inhalt seiner beiden Körbe aufs Laufband. Erst jetzt wird ihm klar, daß auch die Entwicklung des Selbstwiegens an ihm vorbeigegangen ist. Hinter ihm wächst die Unruhe, während die gereizte Kassiererin Stück um Stück seines Potpourris an der nächsten Waage wiegt.

Als er sich zum Schluß auch noch höflich erkundigt, welche der Major Credit Cards das Haus akzeptiere, sagt hinter ihm eine dicke Frau im violetten Jogging: »Wahrscheinlich wieder irgend so ein Verwaltungsrat.«

Prozeßmanagement (1)

Das Aufgebot für die Prozeßmanagement-Sitzung der Rancon SA ist für Knapp ein Durchbruch. Er wollte den Namen schon als weitere Folge des Kesseltreibens gegen die Consulting-Branche von der New-Business-Liste streichen, da flattert ihm die Einladung ins Haus. Nächsten Donnerstag im Sitzungszimmer zwölf des ›Metropol‹, null acht fünfzehn. Etwas kurzfristig, aber Knapp ist Nachtarbeit gewohnt. Er bereitet ein kleines Kurzreferat zum Thema »Prozeßmanagement« vor, zehn Minuten, ein paar Statements, ein paar Folien, c'est tout.

Auf der Fahrt zum ›Metropol‹ gerät er in einen Stau. Als er an den Tischen mit Säften, Thermoskannen, Mineralwasser und Gipfeln für die Sitzungspausen vorbeihastet, ist es schon null acht sechzehn. Er schafft es gerade noch ins Sitzungszimmer, bevor die Tür geschlossen wird. Die Sitzungsteilnehmer haben bereits Platz genommen. »Knapp«, stellt er sich vor, »sorry, war im Stau«, und packt seine Unterlagen aus.

»Noch mehr Folien«, seufzt der Mann am Kopfende des Tisches. Der Art nach zu schliessen, wie er ihn über den Brillenrand fixiert, muß er der Sitzungsleiter sein.

Während der Mann am Kopfende die Sitzung eröffnet, läßt Knapp seinen Blick diskret über die Teilnehmerrunde schweifen. Kein einziges bekanntes Gesicht. Eigentlich hätte er Hausmeister erwartet, den Unterzeichner der Sitzungseinladung. Oder wenigstens Duttlinger, dessen rechte Hand. Aber dann wertet er es als gutes Zeichen, so unzeremoniell ins Daily Business integriert zu werden.

Der Sitzungsleiter erteilt das Wort einem jungen Mann, der eine Definition des Begriffs »Strategie-Implementierung« liefert. Knapp nickt kennerhaft, obwohl ihm der Zusammenhang mit »Prozeßmanagement« schleierhaft ist.

Als der nächste Teilnehmer ein kurzes Referat mit dem Titel »Die zehn häufigsten Fehler bei der Strategie-Implementierung« hält, denkt Knapp, er sei im falschen Film.

In der anschließenden Pause merkt er, daß es schlimmer ist: Er ist auf der falschen Sitzung. »Letunag, Strategie-Implementierungs-Seminar« steht auf dem Schild des Kaffeebüffets.

Soll er sich totstellen oder einen epileptischen Anfall vortäuschen? Er entscheidet sich dafür, seine Unterlagen zu holen, sich bis nach der Pause in der Toilette einzuschließen und dann diskret zu verschwinden.

Es gelingt ihm, sich unbemerkt ins Sitzungszimmer zu schleichen. Aber gerade als er seine Folien in die Mappe packt, sagt die Stimme des Sitzungsleiters hinter ihm: »Machen Sie sich schon einmal mit dem Projektor vertraut, nach der Pause sind Sie dran.«

Prozeßmanagement (II)

Weil Knapp mit dem Instinkt des ausgebufften Consultant ausgerüstet ist, sagt er instinktiv nicht die Wahrheit. Dabei wäre es die beste Lösung gewesen. »Ich bin in die falsche Sitzung geraten«, hätte er dem Sitzungsleiter in vertraulichem Ton gestehen können, »und wollte nur rasch meine Sachen holen und ohne Aufsehen verschwinden.« Er wäre vielleicht etwas dumm dagestanden, aber immer noch besser, als wenn er das Geständnis vor versammeltem Publikum hätte machen müssen.

Aber für die Wahrheit fehlt Knapp die Geistesgegenwart. Er hat den Sitzungsleiter nicht kommen hören und antwortet auf dessen »Machen Sie sich schon einmal mit dem Projektor vertraut, nach der Pause sind Sie dran« mit einem schnippischen »Ich bin mit allen Projektoren vertraut«.

Damit hat er sich den letzten Fluchtweg abgeschnitten. Die ersten Sitzungsteilnehmer kommen bereits von der Pause zurück. Knapp beschäftigt sich betont nonchalant mit seinen Unterlagen, während seine Gedanken verzweifelt nach einem Ausweg suchen.

Allmählich verstummen die Pausengespräche. Der Sitzungsleiter erteilt Knapp das Wort. Ihm ist noch nichts Besseres eingefallen, als die erste Folie aufzulegen, theatralisch zu entdecken, daß es die falsche ist, seine Sekretärin anzurufen und sie live und vor Publikum fristlos zu entlassen.

Er legt die erste Folie auf.

Sie zeigt einen roten Kreis mit einem gelben Fragezeichen, von dem aus ein lila Pfeil auf ein blaues Quadrat mit einem grünen Ausrufezeichen weist. Eine wunderbare Folie. Knapp spürt, wie er sofort die ungeteilte Aufmerksamkeit aller Anwesenden besitzt, und bringt es nicht übers Herz, die Folie als falsch zu bezeichnen. Ist sie auch nicht. Nicht im eigentlichen Sinn des Wortes. Ein gelbes Fragezeichen im roten Kreis in Verbindung mit einem grünen Ausrufezeichen im blauen Quadrat kann überhaupt nie falsch sein. Auch wenn es ursprünglich als Illustration eines Gedankens zum Prozeßmanagement gedacht war, ist es geradezu ideal für die Strategie-Implementierung.

Genauso wie der Kreis mit den verschieden großen, verschiedenfarbigen Kuchenstücken. Und die große Pyramide, in welcher drei kleine Platz finden.

Mit wachsendem Selbstbewußtsein improvisiert Knapp ein Kurzreferat zum Thema »Strategie-Implementierung« und benutzt dazu Folien, die er eigentlich zum Thema »Prozeßmanagement« kreiert hat.

Er jedenfalls hat zum Schluß ein ganz gutes Gefühl. Und beim Hinausgehen sagt ihm ein Teilnehmer: »Bis zu Ihrem Referat hatte ich das Gefühl, ich sei in der falschen Sitzung.«

Die Herausforderung

Seit bald dreißig Jahren wartet Braun auf die große Herausforderung. Die ganz große. Nicht die, die darin besteht, jeden Morgen von neuem den Tag anzugehen, als sei es der erste. Nicht die, eine neue Aufgabe zu übernehmen, einen kleinen, logischen Karriereschritt zu machen. Solche Herausforderungen steckt er im Dutzend weg, die registriert er nicht einmal.

Natürlich hat er es auch so zu etwas gebracht, Braun ist immerhin Mitglied der Geschäftsleitung der Corvac, eines seit ein paar Jahren immerhin börsenkotierten Unternehmens. Das wird man nicht einfach so, da muß man schon ein paar Voraussetzungen mitbringen, die einem nicht in die Wiege gelegt werden.

Aber für einen wie Braun sind das Peanuts. Er fühlt sich unterfordert. Was ihm fehlt ist The Big Challenge. Wenn sich das Leben vor ihm aufbaut, mit dem Finger auf ihn zeigt und brüllt: »He, du da, Braun, du Würstchen! Was wetten wir, du schaffst es nie und nimmer, das General Management der gesamten Gruppe zu übernehmen und dafür eins Komma zwei Millionen plus Bonusse im Jahr zu kassieren?«

Und Braun würde die Fäuste in die Hüften stützen und zurückbrüllen: »Ha, Leben! Diese Wette hast du schon verloren.« Und dann würde er sich widerspruchslos die Bedingungen diktieren lassen und die Sache anpacken.

Und bald hätte er die Wette gewonnen, und das Leben würde um eine Revanche betteln, und er würde sie ihm großzügig gewähren und noch härtere Bedingungen akzeptieren und so weiter, bis zum Top Level, von wo aus er – ein harter Kämpfer und milder Sieger – auf das Leben hinunterlächeln und fragen würde: »Noch eine Wette gefällig, Leben?«

Aber eben: Seit bald dreißig Jahren demütigt ihn das Leben dadurch, daß es ihn mit kleinen, mundgerechten Karrierestufen hochpäppelt und ihn mit der großen, entscheidenden, fundamentalen Herausforderung verschont.

Vor einiger Zeit hat Braun nun damit begonnen, seinerseits das Leben herauszufordern. Nicht im großen Stil, nur mit kleinen, gezielten Provokationen, die die Aufmerksamkeit des Lebens auf ihn lenken sollen. Ein paar sehr innovative Investitionen, einige nicht sehr abgestützte Managemententscheide, da und dort eine eher unkonventionelle Diversifikation.

Und siehe da: Plötzlich wird das Leben auf ihn aufmerksam. Baut sich vor ihm auf, zeigt mit dem Finger auf ihn und brüllt: »He, du da, Braun, du Würstchen! Was wetten wir, du schaffst es nie und nimmer, die Verantwortung für dieses Debakel zu übernehmen?«

Und Braun stützt die Hände in die Hüften und blickt über die Schulter, um zu sehen, wen das Leben wohl meinen könnte.

Kopf frei

Erler ist am Anschlag. Seit drei, nein, vier oder sogar fünf Jahren keine Ferien. Oder nicht das, was er unter Ferien versteht: das totale Abschalten, ohne in der Nacht aufzuschrecken, weil er denkt, er habe den Wecker überhört. Ohne – aber wirklich nur im äußersten Notfall – auf dem Handy erreichbar zu sein und dann selber zweimal am Tag im Büro anzurufen. Und ohne drei Tage früher abzureisen, nachdem er schon drei Tage später angereist war.

Erler kann sich nicht erinnern, wann er das letzte Mal nichts getan hat. Einfach dagewesen war und sich hatte treiben lassen. Nicht getrieben wurde, bestimmt von einer Agenda, über die er längst die Hoheit verloren hat. Hier ein Meeting abkürzen, weil das nächste schon begonnen haben müßte. Dort einen halbstündigen Termin in die Viertelstunde quetschen, die eigentlich zur Vorbereitung des nächsten reserviert war.

Nicht einmal an einen Abend kann er sich erinnern, an dem er nicht entweder geschäftlich engagiert oder privat verspätet war. Von Wochenenden, in die er keine Arbeit mitgenommen hat, ganz zu schweigen.

Ein paar Jahre kann das einer vielleicht durchstehen. Und einer wie Erler vielleicht noch ein paar Jahre mehr. Aber irgendwann ist Schluß. Und irgendwann ist jetzt.

Erler wird ab sofort joggen. Einfach, um den Kopf frei zu bekommen. Hat er irgendwo gelesen. Es geht darum, den Körper so zu fordern, daß er die ganze Aufmerksamkeit seines Besitzers in Anspruch nimmt. Nur noch das Rasen des Pulses, das Pumpen der Lunge und das Übersäuern der Oberschenkel. Da ist kein Raum mehr im Kopf für Quartalsabschlüsse und Marketingplattformen, nur noch für Anfeuerungsrufe und Durchhalteparolen.

Am ersten Joggingtag klingelt der Wecker um fünf, anders ist diese zusätzliche Belastung seiner Agenda nicht zu verkraften. Seine Frau murmelt etwas, das wie »endgültig übergeschnappt?« klingt. Erler trinkt ein isotonisches Getränk und verläßt das Haus. Bereits im Garten schlägt er einen lockeren Laufschritt an.

Schon auf der Höhe der Garageneinfahrt von Grütners machen sich die ersten Symptome der Fokussierung auf das Körperliche bemerkbar. Nach fünfhundert Metern beschließt sein Körper, den Parcours abzukürzen. Wenig später schleppt sich Erler wie ausgekotzt die Stufen zum Hauseingang hinauf.

Und tatsächlich, als er, schwer auf das Waschbecken aufgestützt, vor dem Badezimmerspiegel langsam wieder zu Atem kommt, stellt sich das ersehnte Gefühl ein: Der Kopf ist frei. Kein Termin, keine Pendenz, keine Überfälligkeit, nichts.

Aber was statt dessen?

Erler beschließt, mit Joggen aufzuhören.

Was Züllig aufrichtet

Wenn Züllig ganz ehrlich ist: Es ist alles ein wenig beschissen. Die in Aussicht gestellte Beförderung zum Vizedirektor – einer der Hauptgründe, weshalb er die Herausforderung Reamag angenommen hatte – liegt seit bald zwei Jahren auf Eis. Und dort wird sie auch noch eine Weile liegen. Ein Jahr nach optimistischen, zwei Jahre nach realistischen und für immer nach pessimistischen Prognosen. Er hätte schon lange eine neue Aufgabe übernommen, aber der Markt lechzt nicht gerade nach sechsundvierzigjährigen Marketingspezialisten aus dem Konsumartikelsektor. Vor allem nicht nach einem mit vier Neueinführungen in drei Jahren, davon drei Flops und einem harzigen Relaunch mit vor kurzem zögerlich verlängerter Gnadenfrist.

Wenn er ganz ehrlich ist, kann Züllig froh sein, wenn er in seiner jetzigen Position überhaupt weiter geduldet wird. Auch für seinen jetzigen Arbeitgeber ist sein Leistungsausweis nicht gerade überzeugend. Obwohl dieser wenigstens die widrigen Umstände kennt. Für Neueinführungen ist die momentane Konsumstimmung Gift. Und für diese kann er nichts. Die schlägt dem ganzen Laden auf den Magen. Was allerdings ein schwacher Trost ist. Wenn es dem Laden schlechtgeht, macht er Einsparungen. Und für solche sind Marketingabteilungen traditionsgemäß besonders anfällig.

Auch was die Infrastruktur angeht, läuft die Entwicklung falsch. Seit zwei Monaten teilt er sein Sekretariat mit Kellerfeld, seinem wohl gefährlichsten Rivalen. Wenn es wenigstens Zülligs Sekretärin wäre, die auch für Kellerfeld arbeiten müßte. Aber nein, es ist umgekehrt. Zülligs Sekretärin hatte gekündigt und wurde nicht ersetzt, und jetzt ist er von der Gnade von Kellerfelds Frau Riemler abhängig.

Die »Reorganisation Marketing Backoffice«, wie das Management die Maßnahme nennt, hat auch Auswirkungen auf Zülligs Büro. Es wurde – angeblich aus Gründen der Effizienz – in die Nähe des gemeinsamen Sekretariats verlegt, was bedeutet, daß Kellerfeld sein Büro behalten durfte und Züllig in eine Art Vorzimmer von Frau Riemler ziehen mußte.

Alles in allem ist also alles ziemlich beschissen. Deshalb hat sich Züllig jetzt eine neue Krawatte gekauft. Und was für eine! Nicht eine weitere mit einem beliebigen Muster aus Streifen, Quadraten, Girlanden oder lustigen Figürchen. Nein. Auf Zülligs Krawatte sind – alles Krawatten! Bunte, einfarbige, klassische, ausgeflippte. Mit dieser Krawatte führt Züllig die Krawatte an sich ad absurdum. Mit ihr geht er auf ironische Distanz zum ganzen Zirkus. Einen, der eine Krawatte mit lauter Krawatten trägt, kann karrieremäßig nichts mehr erschüttern.

Es fehlt nicht viel, und Züllig zieht sie an.

Der Bescheid

Bächler hat eine schlechte Nacht hinter sich. Geschlafen wie ein Stein, um zwei erwacht und versucht, nicht an Obertaler zu denken. Darüber verging eine gute Stunde, er hat es drei schlagen hören. Dann muß er wieder eingeschlafen sein, bis er kurz nach vier erneut durch den Versuch geweckt wurde, nicht an Obertaler zu denken. Er war kurz davor gewesen, den Versuch aufzugeben, als der Wecker klingelte.

Jetzt sitzt er seit zwei Stunden an seinem Schreibtisch und denkt an Obertaler.

Obertaler ist der Produktionsleiter der Rolfood und damit der Mann, der über den Auftrag für die Abfüllanlage entscheidet, mit dem Bächler fast ein Viertel des nächsten Jahresbudgets unter Dach und Fach hätte. Heute gibt Obertaler Bescheid.

Allzu große Hoffnungen macht er sich nicht. Dazu ist die Konkurrenz zu groß. Nicht, was die Qualität angeht, da hält er locker mit. Aber auf der Kostenseite könnte ihn die Konkurrenz in Bedrängnis bringen. Vor allem Mecsa, diese schamlosen Unterbieter.

Aber gewisse Chancen rechnet er sich schon aus. Rolfood gilt als quality-minded.

Um zehn Uhr unterbricht Bächler das Warten mit einer Kaffeepause. Wahrscheinlich macht Obertaler jetzt auch eine. Hat die ersten zwei Stunden des Tages mit den Scharmützeln des Daily Business verbracht und gönnt sich jetzt ein Täßchen, ehe er sich den strategischen Dingen zuwendet, wie der Kommunikation einer weitreichenden Beschaffungsentscheidung gegenüber den potentiellen Zulieferbetrieben. Vier Anrufe à je zirka zehn Minuten plus drei Pausen à je fünf – innerhalb der nächsten sechzig Minuten ist mit Obertalers Anruf zu rechnen.

Dreißig Minuten verstreichen. Bächler beginnt sich präventiv mit der Möglichkeit einer Absage vertraut zu machen. Vielleicht hat er die Bedeutung des quantitativen Faktors selbst bei qualitätsbewußten Geschäftspartnern in Zeiten wie diesen untergewichtet. Vielleicht kann auch Obertaler seinen Shareholdern gegenüber die Entscheidung für die bessere, aber – kurzfristig – kostenintensivere Variante nicht mehr verantworten.

Eine halbe Stunde später ist er soweit, daß ihn alles andere als eine Absage überrascht hätte. Sein Angebot liegt wahrscheinlich so weit daneben, daß es Obertaler nicht einmal für nötig hält, ihm telefonisch abzusagen.

Kurz vor Mittag schreibt Bächler den Auftrag endgültig ab. Bei Mittagessen und einem Halben Fendant beginnt er, eine Wut auf Obertaler zu entwickeln.

Als ihn dieser kurz vor vier anruft, um ihm die gute Nachricht zu überbringen, daß sich Rolfood für seine Offerte entschieden hat, begrüßt ihn Bächler mit einem Vorschlag, wohin er sich die Abfüllanlage stecken solle.

Börsenkunde

Vanessa muß Fabian verkaufen.«

»Wer ist Vanessa, Schätzchen?«

»Meine beste Freundin.«

»Und wer ist Fabian?«

»Vanessas Pony.«

»Weshalb muß sie es verkaufen?«

»Wegen der Börse.«

»Wegen der Börse?«

»Ihr Papi hat an der Börse ganz viel Geld verloren.«

»Da ist er nicht der einzige.«

»Hast du dort auch Geld verloren?«

»Ja, leider.«

»Hast du überall gesucht?«

»Nicht so verloren wie du deinen Gameboy, Celine. Ich habe etwas gekauft, und jetzt ist es nichts mehr wert.«

»Aber du hast es noch?«

»Ja, aber ich kann es nicht mehr verkaufen.«

»Ich meinen Gameboy auch nicht mehr.«

»Aber wenn du ihn fändest, könntest du es.«

»Dann würde ich ihn behalten.«

»Siehst du, das ist der Unterschied zwischen einem Gameboy und einer Aktie.«

»Was ist eine Aktie?«

»Eben das, was ich und Vanessas Papi gekauft haben. Ein Wertpapier.«

»Wie Silberpapier?«

»Nein. Es ist nicht aus wertvollem Material. Es ist wertvoll wegen dem, was es bedeutet.«

»Wie ein Gutschein?«

»Genau! Bravo! Wie ein Gutschein.«

»Was bekommt man dafür?«

»Ein Stücklein von einer Firma.«

»Und was macht man damit?«

»Man bekommt jedes Jahr ein wenig von dem Geld, das die Firma verdient.«

»Und warum haben du und Vanessas Papi dann Geld verloren?«

»Weil die Firma, von der wir ein Stücklein besitzen, kein Geld verdient.«

»Warum habt ihr denn ein Stücklein von dieser Firma gekauft?«

»Weil ihre Chefs gesagt haben, sie werden ganz viel Geld verdienen.«

»Dann haben sie gelogen.«

»Sie haben die Lage falsch eingeschätzt.«

»Gelogen. Wenn sie geglaubt hätten, daß ihre Firma ganz viel Geld verdienen wird, weshalb hätten sie dann dir und Vanessas Papi ein Stücklein davon verkauft?«

»Weil die Firma dringend Geld brauchte. – Alles klar jetzt?«

»Ja.«

...

»Papi?«

»Ja, Schätzlein?«

»Warum will jemand ein Stücklein von einer Firma kaufen, die dringend Geld braucht?«

Eine Führungskrise

Strasser betritt das Unternehmen in der Regel durch die Tiefgarage und nimmt den Lift in den Zwölften. Deshalb sieht er den Christbaum erst am Nachmittag auf dem Weg zum großen Sitzungszimmer. Er durchquert den Empfang und memoriert dabei die Namen der Teilnehmerliste auf dem Sitzungsprotokoll. Erst als er am Kopfende des Sitzungstischs Platz genommen hat, kommt es ihm vor, als sei er soeben an einem Christbaum vorbeigegangen. Er steht wieder auf, geht vor die Tür und tatsächlich: ein Christbaum, mannshoch, Schwerpunktfarbe Silber. Er blickt sich um und begegnet dem Lächeln von Frau Thielmann, Empfang und Telefon. Er nickt ihr zu und geht zurück ins Sitzungszimmer.

Während des Meetings ist Strasser abgelenkt durch den Christbaum. Seit er dem Unternehmen vorsteht (und auch in der Zeit davor), hat im Empfang noch nie ein Christbaum gestanden. Er kann sich auch an keinen formellen oder informellen Beschluß erinnern, daran etwas zu ändern. Christbäume fallen zwar nicht in die Kompetenz des Topmanagements. Aber Christbäume im Empfangsbereich gehören zum Erscheinungsbild des Unternehmens, und somit zur Corporate Identity. Und diese ist Chefsache.

Die Tatsache, daß sich jemand in sein Revier gewagt hat,

beschäftigt ihn während einer längeren Power-Point-Präsentation zu einem Thema, das er nicht mitbekommen hat. Ist der Baum eine Eigeninitiative von Frau Thielmann, Empfang und Telefon? Oder hat er es mit einem strategischen Vorstoß aus der Managementebene zu tun? Im ersteren Fall müßte er die Aktion mit Wohlwollen aufnehmen, denn Eigeninitiative gilt seit der Neufassung des Organisationshandbuchs vor vier Jahren bis zu einem gewissen Grad als erwünscht.

Im anderen Fall müßte er hart durchgreifen. Angriffe auf seine Kompetenzen aus dem Umfeld potentieller Nachfolger müssen im Keim erstickt werden. Er geht die Liste der möglichen Täter durch. Es kommen alle in Frage.

Er hebt die Sitzung mit ein paar Schlußbemerkungen auf, die den Eindruck erwecken, er hätte mitbekommen, worum es ging. Im Büro befragt er seine Assistentin so beiläufig wie möglich über die Hintergründe der Christbaumsache. Zu seiner Erleichterung stellt sich heraus, daß die Initiative dazu von Frau Thielmann ausgegangen und von Beiträgen aus dem Mitarbeiterstab finanziert worden ist.

Beim Verlassen des Unternehmens geht er am Empfang vorbei und weist Frau Thielmann wohlwollend, aber bestimmt an, ein paar Kugeln umzuhängen, das Engelshaar zu reduzieren, da und dort etwas Lametta hinzuzufügen.

Und die silberne Spitze gerader auszurichten.

Harte Fragen

Fred Andermatt: Also, wie gesagt: kein Blatt vor den Mund.

Andermatt Revue: Alles klar, Herr Andermatt.

Nicht, daß es dann heißt, es sei ein Gefälligkeitsinterview. Haha.

Hihi.

Spaß beiseite: Eine Hauszeitschrift hat immer gegen Unabhängigkeitsvorurteile anzukämpfen. Oder sehen Sie das anders?

Nein, nein, das sehe ich genauso.

Also stellen Sie ruhig knallharte Fragen.

Okay, Herr Andermatt.

Ich kenne Medien mit größeren Abhängigkeiten als die Andermatt Revue.

Da haben Sie natürlich völlig recht.

Unabhängigkeit ist nämlich nicht in erster Linie eine materielle Frage. Sie ist eine Frage des Geistes.

Genau, Herr Andermatt.

Diesen Satz könnten Sie zum Beispiel ruhig ins Interview aufnehmen. Haben Sie ihn notiert?

Bin schon dabei.

Unabhängigkeit – ist – keine – materielle – Frage Punkt. – Sie – ist – eine – Frage – des – Geistes. Haben Sie das?

Ja, schöner Satz, Herr Andermatt.

Vielleicht können Sie damit etwas im Titel machen. Aber ich will Ihnen nicht reinreden. Sie machen das Interview.

Ist aber eine schöne Idee. Als Titel. Oder als Lead.

Und wie würde der Titel dann lauten?

Einfach: Fred Andermatt. Fett. Und darunter das Zitat als Lead.

Mhm. Doch. Das stelle ich mir sehr prägnant vor. Und dazu das Foto. Hat mein Sekretariat Ihnen das Foto schon gegeben?

Ja. Bereits letzte Woche.

Wie finden Sie es?

Echt gut.

Hat auch genug gekostet, haha.

Hihi.

Also, erste Frage. – Vielleicht beginnen wir mit einer kurzen Tour d'horizon.

Genau, so etwas Ähnliches hat mir auch vorgeschwebt.

Ich sehe, Sie verstehen Ihr Metier. Anders als Ihr Vorgänger.

Vielen Dank, Herr Andermatt.

Der hat dumme Fragen gestellt. Harte Fragen vertrage ich. Dumme nicht.

Sehr schön gesagt.

Wie auch der Vorgänger Ihres Vorgängers. Hat auch dumme Fragen gestellt.

Ach.

Also, schießen Sie endlich los.

Okay.

Aber knallhart!

Zukunftsängste

Sandra Klaus und Liselotte Schürmann sitzen nach dem Face Forming noch bei einem Green Tea zusammen und machen sich Sorgen um die Zukunft.

»Stell dir vor«, sagt Sandra, »du willst mit deiner Amexco bezahlen, und die ist gesperrt.«

»Und dann nimmst du deine Visa, und die funktioniert auch nicht.«

»Und Bargeld hast du aus Sicherheitsgründen auch nicht genug dabei.«

»Was macht man in einer solchen Situation? frag ich dich.«

»Auf Rechnung geht auch nicht, wer verkauft schon einer mit zwei gesperrten Kreditkarten etwas auf Rechnung?«

»Du kannst nur noch versuchen, in den Boden zu versinken.«

Beide Frauen nippen an ihren Tassen. »Das ist das Problem am Kein-Geld-Haben: Es ist nicht nur peinlich, es ist auch wahnsinnig unpraktisch.«

»Stimmt. All die Dinge selber machen müssen, die andere viel besser können. Nicht, daß ich mir für Haushaltsarbeit zu schade bin, aber es wäre so ineffizient.«

»Vielleicht bleibt uns bald nichts anderes übrig, wenn man so liest, wen es alles trifft«, seufzt Sandra.

»Alleroberste Liga. Dagegen sind auch unsere beiden nicht gefeit.«

»Und die Abfindungen reichen auch nicht ewig, wenn man einigermaßen den Standard halten will.«

»Falls es überhaupt für eine Abfindung reicht. Die stehen ja neuerdings auch zur Diskussion.«

»Nicht auszudenken.«

»Das klingt jetzt vielleicht versnobt, aber in einem Fähnchen von H&M könnte ich mich einfach nicht bewegen.«

»Und dann die Wohnsituation. Stell dir vor: eine Dreizimmerwohnung in einem Außenquartier. Da würde ich Platzangst bekommen.«

»Wie ich in kleinen Autos. Schon bei der Vorstellung, ich müßte meinen BMW gegen einen Twingo tauschen, bekomme ich Atemnot.«

»Und erst die Ferien. Statt nach Mauritius in ein Dorf im Jura, das nach Kuh riecht.«

»Welche Ferien? Wenn der Mann keine Arbeit hat, hat er auch keine Ferien.«

»Wie meinst du das?«

»Dann ist er immer da. Wenn du aufwachst, ist er da, wenn du frühstückst, ist er da, wenn du aus dem Haus gehst, ist er da, wenn du zurückkommst, ist er da.«

»Daran habe ich noch gar nicht gedacht.«

»Man soll auch nicht immer als erstes an das Allerschlimmste denken.«

Bitte beachten Sie
auch die folgenden Seiten

Martin Suter im Diogenes Verlag

Small World

Roman

Erst sind es Kleinigkeiten: Konrad Lang, Mitte Sechzig, stellt aus Versehen seine Brieftasche in den Kühlschrank. Bald vergißt er den Namen der Frau, die er heiraten will. Je mehr Neugedächtnis ihm die Krankheit – Alzheimer – raubt, desto stärker kommen frühe-ste Erinnerungen auf. Und das beunruhigt eine millionenschwere alte Dame, mit der Konrad seit seiner Kindheit auf die ungewöhnlichste Art verbunden ist.

»Genau recherchiert, sprachlich präzis und raffiniert erzählt. Dramatisch geschickt verflicht Martin Suter eine Krankengeschichte mit einer Kriminalstory. Ein literarisch weit über die Schweiz hinausweisender Roman.«
Michael Bauer/Süddeutsche Zeitung, München

»Fesselnd. Eine der großen Qualitäten von Martin Suters Roman liegt in der Präzision, mit der er die Krankheit und Umgebung beschreibt, und in der Gelassenheit, mit der er die Geschichte langsam vorantreibt.«
Le Monde, Paris

Martin Suter wurde für seinen Roman *Small World* mit dem französischen Literaturpreis ›Prix du premier roman étranger‹ ausgezeichnet.

Die dunkle Seite des Mondes

Roman

Starwirtschaftsanwalt Urs Blank, fünfundvierzig, Fachmann für Fusionsverhandlungen, hat seine Gefühle im Griff. Doch dann gerät sein Leben aus den Fugen. Ein Trip mit halluzinogenen Pilzen führt zu einer gefährlichen Persönlichkeitsveränderung, aus der ihn niemand zurückzuholen vermag. Blank flieht in den Wald. Bis er endlich begreift: Es gibt nur einen Weg, um sich aus diesem Alptraum zu befreien.

»Das Buch ist spannend wie ein Thriller und trifft wie ein Psycho-Roman – eine ungewöhnliche Variante von *Dr. Jekyll und Mr. Hyde.*«
Karin Weber-Duve / Brigitte, Hamburg

Business Class
Geschichten aus der Welt des Managements

Business Class spielt auf dem glatten Parkett der Chefetagen, im Dschungel des mittleren Managements, in der Welt der ausgebrannten niederen Chargen, beschreibt Riten und Eitelkeiten, Intrigen und Ängste einer streßgeplagten Zunft.

»Höchst amüsant. Martin Suter kennt sich unter jenen Männern aus, die alle mit hehren Absichten und gepanzerten Ellbogen ins Dickicht der ›Business Class‹ drängen. Wie kleine ethnologische Erkundungen lesen sich seine Kolumnen.«
Martin Zingg / Neue Zürcher Zeitung

»Woche für Woche ein Hieb in die nadelgestreifte Seite der Männerwelt.«
Jürg Ramspeck / Die Weltwoche, Zürich

Ein perfekter Freund
Roman

Durch eine rätselhafte Kopfverletzung hat der Journalist Fabio Rossi eine Amnesie von fünfzig Tagen. Als er seine Vergangenheit zu rekonstruieren beginnt, stößt er dabei auf ein Bild von sich, das ihn zutiefst befremdet. Er scheint merkwürdige Dinge getan, ein seltsames Verhalten an den Tag gelegt zu haben in jener Zeit. Aber offenbar gibt es Leute, denen es lieber wäre, jener Fabio bliebe ausgelöscht.

»Martin Suter schafft es, die Balance zwischen Psychothriller und Kriminalroman zu halten – auf erfreulich hohem literarischen Niveau.« *Der Spiegel, Hamburg*

Business Class

Neue Geschichten aus der Welt des Managements

Die Welt teilt sich in die, die überholen, und die, die überholt werden. Wer möchte da nicht auf der richtigen Spur sein. Was es dabei zu beachten gilt, erfährt man in großer Spannbreite in den neuen Geschichten über eine streßgeplagte Zunft.

»Suters satirischer Karriere-Leitfaden sollte in jedem Büro ausliegen – zur Warnung! Bei diesen hundsgemeinen Milieustudien genießt der Leser seine Rolle als Vorstandsetagen-Voyeur und freut sich an den punktgenauen Dialogen, in denen jeder Satz sitzt wie ein gut plazierter Dartpfeil.«
Karin Weber-Duve/Brigitte, Hamburg

Lila, Lila

Roman

So rein wie die Liebesgeschichte, die er als Manuskript in einem alten Nachttisch findet, sind auch Davids Gefühle für Marie. Und er möchte ihre Liebe, um jeden Preis. Dafür muß er ein anderer werden als der, der er ist. David schlüpft in eine Identität, die ihm irgendwann über den Kopf wächst.

»Wie stets bei Martin Suter geht es auch in seinem wunderbar geschriebenen Roman *Lila, Lila* um den Verlust von Identität. Suter packt einen von der ersten Seite an. Unbedingt lesen!«
Angela Wittmann/Brigitte, Hamburg

»Mit dem Plot in *Lila, Lila* ist Martin Suter ein raffiniertes Kunststück gelungen.«
Aleandra Kedves/Neue Zürcher Zeitung

»Eine Liebesgeschichte und Satire rund ums Buch – brillant.« *Focus, München*

Richtig leben mit Geri Weibel

Sämtliche Folgen

Geschichten

Geri Weibel, Stammgast in der angesagten SchampBar, hat sich – nachdem er in so ziemlich alle Fettnäpfchen getreten ist – zu einer Art Trendseismograph in Fragen des derzeitigen Lifestyle herangebildet. Von A wie Alkohol, B wie Begrüßungsküßchen, F wie Fitness, I wie In-Quartier, K wie Kult, P wie Personality, S wie Szenelokal bis W wie Wohnung oder Weihnachtsrummel – Geri hat sie alle durchbuchstabiert und sich seine Gedanken dazu gemacht.

»Martin Suters Geri Weibel entlarvt vorzugsweise die hohlen Rituale der Lifestyle-Gesellschaft. Mit diesem ironischen Spiel gelingen Martin Suter hübsche Pointen. Es sind winzige soziologische Untersuchungen, die er vorlegt. Man liest sie leichthin, mit schnellem Vergnügen.«
Pia Reinacher / Frankfurter Allgemeine Zeitung

Huber spannt aus

und andere Geschichten aus der Business Class

Business as usual, auch in Krisenzeiten: Von der Selbstbedienungsmentalität im Topmanagement. Von der enormen Anstrengung, einmal richtig auszuspannen. Vom Stylen der Personality. Von der Bereitschaft, sich sexuell belästigt zu fühlen. Von Managern im Lotussitz.
Martin Suters satirischer Karriere-Leitfaden, mittlerweile eine Institution und wohl das beste Mittel, um sich nach einem anstrengenden Arbeitstag den Stress von der Seele zu lachen.

»Ideale Lektüre für den geplagten Manager im Liegestuhl. Entwenden Sie ihm – oder ihr – den Laptop und verordnen ein Stündchen *Huber spannt aus.* Wirkt wie ein Glas Rotwein am Abend.«
Annemarie Stoltenberg / Hamburger Abendblatt

Der Teufel von Mailand

Roman

Sonias Sinne spielen verrückt: Sie sieht auf einmal Geräusche, schmeckt Formen oder fühlt Farben. Ein Aufenthalt in den Bergen soll ihr Gemüt beruhigen, doch das Gegenteil tritt ein: Im Spannungsfeld von archaischer Bergwelt und urbaner Wellness, bedrohlichem Jahrhundertregen und moderner Telekommunikation beginnt ihre überreizte Wahrnehmung erst recht zu blühen – oder gerät die Wirklichkeit aus den Fugen?

»Keine Schnörkel. Keine langatmigen Beschreibungen. Keine überflüssigen Details. So urteilt das Feuilleton über einen Schriftsteller, der mit jedem seiner Romane auf der Bestsellerliste gelandet ist. Martin Suter, das As.« *Uschi Neuhäuser / Stern, Hamburg*

»Für die *page turner,* die Bücher also, die in einem Atemzug zu lesen sind, ist seit geraumer Zeit vor allem einer zuständig: Martin Suter!«
Wolfgang Paterno / Profil, Wien

Auch als Diogenes Hörbuch erschienen,
gelesen von Julia Fischer

Rolf Dobelli im Diogenes Verlag

Fünfunddreißig

Eine Midlife Story

Häppchen und Wein, ausgelassene Feststimmung in der Firma, denn Gehrer, der brillante Marketingchef, wird aus Harvard zurückerwartet. Und das an seinem 35. Geburtstag. Tatsächlich ist er in Zürich gelandet, allerdings nicht mit der Maschine aus Boston. Gehrer war in Indien. Und er sitzt an diesem kalten Februartag nicht etwa in seinem Büro, sondern auf einer Bank am See. In einem entwaffnend präzisen Selbstgespräch zieht er Bilanz. Was geschieht im Zenit des Lebens? Wer ist er mit 35? Und was ist mit 35 plötzlich anders? Das Erwachen: Gehrer möchte nichts lieber als Gehrer loswerden, ein anderer werden. Aber da beginnt sein Problem.
Dobelli enthüllt scharfsinnig und poetisch zugleich ein zeitgenössisches Lebensgefühl und entwirft »eine kleine Philosophie des Durchbrennens«.

»Abgesang auf den trügerischen Glamour einer erfolgreichen Jungmanager-Existenz. Dobelli gelingt eine wunderbare Meditation über das Leben, die Liebe und das Altern. Mitleidlos, humorvoll, brillant.«
Roger Köppel / Die Weltwoche, Zürich

»Voller Tempo, Lakonik und Witz. Präzise, ehrlich, unterhaltsam.« *Welt am Sonntag, Berlin*

Und was machen Sie beruflich?

Roman

»Und was machen Sie beruflich?« Die schlimmste aller Fragen, insbesondere wenn man – wie Gehrer – gerade gefeuert wurde. Nach dem Schock der Entlassung muß er sich neu sortieren. Vor allem – wie es seiner Frau Jeannette beichten, die unaufhaltsam Karriere macht?

»Mit bitterer Ironie erzählt Dobelli vom unaufhaltsamen Abstieg des ehemaligen Managers. Messerscharf seziert er den Alltag des Arbeitslosen, die Qual des Müßiggangs, den Verlust sozialer Kontakte und des Selbstwertgefühls. Lakonisch und psychologisch brillant zeichnet Dobelli die Chronik einer Selbstaufgabe, die Gehrers bisherigen Lebensinhalt als Lüge, als hohle Fassade entlarvt.«
Meike Röhrig/Frankfurter Rundschau

Himmelreich

Roman

Die Versetzung nach New York kam wie gerufen: Philipp Himmelreich konnte mit einem Streich seine Ehe retten und sich der leidenschaftlichen Affäre mit der jüngeren Buchhändlerin Josephine entziehen. Im Flugzeug, auf 30000 Fuß Höhe, gewinnt er endlich wieder einen klaren Kopf. Und gibt sich noch ein letztes Mal all diesen schönen Phantasien hin. Er schwelgt in der romantischen Vorstellung, wie er, statt nach New York zu reisen, am Flughafen Zürich entführt wird, von Josephine. Wie er als Geisel mit ihr in einem alten VW-Bus quer durch Europa reisen, wochenlang über den Atlantik in die Neue Welt segeln muß – und wie er sich allmählich in das Gegenteil seiner selbst verwandelt.
Seine Existenz in New York scheint davon unbehelligt, seine Erfolge als Banker, das Leben mit seiner Frau Anna, die zu ihm zurückgefunden hat. Dann aus heiterem Himmel eine Vorladung vom FBI: Josephine wurde als vermißt gemeldet – und man habe zwingende Indizien, daß Himmelreich sie entführte ...

»Daß er gelernt hat, auf den Punkt genau zu formulieren, merkt man Dobellis Romanen an – dichter kann ein Text kaum sein.«
Brigitte Schmitz-Kunkel/Kölner Rundschau

Jakob Arjouni im Diogenes Verlag

»Ein großer, phantastischer Schriftsteller, der genau und planvoll und lesbar schreibt.«
Maxim Biller / Tempo, Hamburg

»Seine Virtuosität, sein Humor, sein Gespür für Spannung sind ein Lichtblick in der Literatur jenseits des Rheins, die seit langem in den eisigen Sphären von Peter Handke gefangen ist.« *Actuel, Paris*

»Seine Texte haben Qualität. Sie sind ambitioniert, unaufdringlich-provokativ, höchst politisch.«
Barbara Müller-Vahl / General-Anzeiger, Bonn

»Arjouni weiß als Dramatiker genauso wie als Krimiautor, wie er Spannung erzielt, ohne platt zu wirken.«
Christian Peiseler / Rheinische Post, Düsseldorf

Happy birthday, Türke!
Ein Kayankaya-Roman
Auch als Diogenes Hörbuch, gelesen von Rufus Beck

Mehr Bier
Ein Kayankaya-Roman

Ein Mann, ein Mord
Ein Kayankaya-Roman
Auch als Diogenes Hörbuch, gelesen von Rufus Beck

Magic Hoffmann
Roman

Ein Freund
Geschichten

Kismet
Ein Kayankaya-Roman

Idioten. Fünf Märchen

Hausaufgaben
Roman

Chez Max
Roman
Auch als Diogenes Hörbuch, gelesen von Jakob Arjouni